Regardez-moi

Anita Brookner

Regardez-moi

roman
traduit de l'anglais par Fanchita Gonzalez Batlle

ÉDITIONS LA DÉCOUVERTE
1, place Paul-Painlevé
75005 PARIS
1987

Si vous désirez être tenu régulièrement informé de nos parutions, il vous suffit d'envoyer vos nom et adresse aux Éditions La Découverte, 1, place Paul-Painlevé, 75005 Paris. Vous recevrez gratuitement notre bulletin trimestriel **A La Découverte.**

Édition originale publiée sous le titre *Look at me* par Jonathan Cape Ltd, London.

ISBN 2-7071-1623-8

CHAPITRE PREMIER

Une fois que l'on sait une chose on ne peut plus jamais ne pas la savoir. On ne peut que l'oublier. En faussant le temps, elle indiquera l'avenir aussi longtemps qu'elle restera dans la mémoire. En toute circonstance il est plus sage d'oublier, de cultiver l'art de l'oubli. Se souvenir, c'est affronter l'ennemi. La vérité loge dans la mémoire.

Je m'appelle Frances Hinton et je n'aime pas que l'on m'appelle Fanny. Je suis employée à la bibliothèque d'un institut de recherche médicale spécialisé dans l'étude du comportement. Je suis responsable des archives photos ; c'est une collection, unique au monde, paraît-il, de reproductions d'œuvres d'art et de gravures populaires représentant des médecins et des malades à travers les âges. C'est une encyclopédie de la maladie et de la mort ; autrefois la plupart des maux étaient incurables, et on dirait qu'ils ont exercé sur l'esprit des hommes une fascination terrible. Nous nous intéressons particulièrement aux rêves et à la folie, il est donc naturel que notre collection soit riche en documents sur l'insolite et les maladies inconnues. Le comportement des hommes continue de nous échapper, mais à la bibliothèque, au moins, il est dûment fiché.

Je travaille avec mon amie Olivia. Nous faisons venir des photos des musées et des galeries. Quand elles arrivent, nous les montons sur des feuilles de carton et nous tapons les références sur un papillon de papier que nous collons ensuite sur le carton. C'est très intéressant. Encore qu'un peu désespérant. Tant de fous, tant de répression dans les hôpitaux, tant de déchéance. Et si peu de changement, tant de problèmes encore sans solution. Heureusement, ce n'est pas mon métier, mais ça préoccupe apparemment la plupart des gens pour qui je travaille.

Prenons par exemple la mélancolie. Je pourrais presque écrire un traité sur la mélancolie rien qu'en consultant les fiches. Sur les gravures anciennes, la mélancolie est généralement représentée sous les traits d'une femme échevelée, hagarde, entourée de cruches brisées, de barriques renversées, de livres déchirés. Elle est parfois plongée dans un sommeil agité, les membres lourds, accablée par son impuissance à prendre la mesure du monde, délaissant son compas et son livre. Elle est très effrayante, mais elle s'effraie surtout elle-même. Elle est sa propre maladie. Dürer la montre avec des ailes, vêtue d'une longue robe sans grâce, une guirlande dans ses cheveux emmêlés. Elle fronce les sourcils d'un air sévère et son désarroi est tel qu'elle est cernée par des symboles de l'étude, du devoir et de la souffrance : une cloche, un sablier, une balance, une mappemonde, un compas, une échelle et des clous. Tantôt cette femme apparaît menacée par des herbes envahissantes, avec au-dessus de la tête une toile d'araignée placide. Tantôt, hallucinée, elle regarde par la fenêtre la pleine lune. Et si c'est un homme que frappe la mélancolie, c'est toujours parce qu'il est en mal d'amour : il repose son bras rembourré de satin sur un coussin de velours et lève les yeux au ciel sous son chapeau dont la plume se balance. Ou bien il étreint une épine ou une ortie pour montrer qu'il ne dort pas. Ces hommes me paraissent un peu affectés, contrairement aux femmes, dont la mélancolie est moins pittoresque. Les femmes semblent être la proie d'une affliction indescriptible. Les hommes, eux, ont l'air de s'être habillés pour la circonstance et tiennent à donner bonne contenance à leur souffrance. Ce qui montre que les choses n'ont guère changé depuis le XVIe siècle, du moins dans ce domaine.

Pour soigner la mélancolie, on recourt entre autres à la musique et au fouet. On considère que certains grands personnages religieux d'autrefois ont souffert de mélancolie. Le Greco a même choisi ses modèles à l'asile de Tolède pour ses portraits de saints et d'apôtres.

Dans notre fichier, la folie vient avant la mélancolie, et cette section est, elle aussi, abondamment fournie. Là, on est heureux de voir qu'il y a eu pas mal de changements : on pensait jadis que les fous étaient extrêmement amusants et on trouve beaucoup trop d'images populaires — anglaises pour la plupart, j'ai le regret de le dire — représentant de drôles de bonshommes qui se tapent sur la tête ou se font des grimaces. Mais naturellement certains documents peuvent être tout à fait sérieux, notamment parce que beaucoup de peintres connaissent de près cette triste condition. Quelle force chez les fous ! Autrefois, ils étaient nus et se débattaient dans leurs chaînes. Ils s'arrachaient les cheveux et se cachaient le visage. Une image médiévale de fou dans un jeu de tarot représente un géant vêtu de peaux de bête, un corbeau sur l'épaule, qui joue de la cornemuse. Seul Géricault, semble-t-il, a montré les fous comme des êtres dignes, mais il est vrai qu'il vivait à l'époque bénie où l'on a brisé les fers des fous, et où dans certains cas on a autorisé les malades à porter leurs vêtements personnels. On dit que Géricault lui-même était fou, du moins de temps en temps, ce qui l'a certainement rapproché de cette population étrange. Dans un monde d'obsession et d'hallucination, les yeux des fous de Géricault deviennent rouges de méfiance ou s'ouvrent tout grands dans leur innocence originelle. Ils se prennent parfois pour des enfants, pour des généraux, ou bien pour des rois. Dans un tableau effrayant de Goya, une grande pièce voûtée avec un soupirail est remplie d'une mêlée de corps nus en furie ; les uns se battent, d'autres se roulent par terre, d'autres ne peuvent que se traîner, et pourtant, certaines de ces créatures à peine humaines se sont parées de couronnes de papier, de plumes ou de leurs simples chaînes. Goya montre aussi un personnage qui perd sa nature humaine normale, avec une tête d'animal et des pieds énormes, le corps électrifié par une volée de traits de fusain. Je ne sais pas trop ce que Goya avait en tête, mais ce ne devait pas être enviable. On dirait qu'il a passé toute sa vie au bord de l'intolérable.

Nous possédons également tout un assortiment de morts, et là c'est l'épouvante permanente. La mort elle aussi peut être une femme, d'une beauté trompeuse, accompagnée d'un crâne. Mais la mort est généralement un squelette que l'on devine mâle. La mort peut menacer la mère et son enfant, elle peut envahir la demeure confortable du marchand, interrompre l'avare qui compte son or ou le savant dans son cabinet. La mort peut tendre un piège aux jeunes époux ; la mort peut assister au repas de noces. La mort, portant couronne, un pied décharné posé sur un globe terrestre, tient un miroir où sont inscrits les mots : « Le miroir qui ne flatte pas. » Et la mort n'est pas paisible, je le sais bien. À la fin, la tentation arrive sous la forme de gargouilles et de diables, et les anges combattent pour l'âme du mourant autour de son lit de souffrance.

Le fichier le plus connu de notre bibliothèque est celui des rêves. On y trouve des rêves de femmes, des rêves de Dieu, des rêves de tempêtes, d'oiseaux géants, de chiens, de gloire. Sainte Hélène rêve de la Vraie Croix, qu'elle devait découvrir plus tard. L'image de rêve la plus célèbre de toutes montre un homme, la tête enfouie au creux de ses bras croisés, avec tout autour de lui des chauves-souris qui volent. Tous ces rêves doivent perturber énormément. Moi je ne rêve jamais, et je suppose que c'est tant mieux pour moi. J'ai aussi la chance d'être en excellente santé, et comme en plus je n'ai pas de connaissances particulières, mon travail est supportable. Si j'avais le moindre ennui, je doute que je pourrais regarder des choses pareilles à longueur de journée. Heureusement, même pour quelqu'un d'aussi invulnérable que moi, il y a des images de bons docteurs, bien qu'à vrai dire on en voie trop qui passent leur temps à arracher des dents, à fouiller dans des plaies avec de grands instruments de fer, ou à loucher sur des flacons d'urine. J'essaie de me rappeler ce tableau de Goya (ce nom, vous le voyez, revient souvent) qu'il a peint par amitié pour son médecin, le docteur Arrieta. J'ai une tendresse particulière pour cette image. On y voit le peintre en robe de chambre ; il est tourné vers le spectateur, à bout de souffrance, son visage et son corps se désintègrent sous le poids de la douleur, on le devine à la fois désarmé et incrédule. Son médecin est debout derrière lui, petit homme soigné, confiant, décidé. D'une main, il prend son malade par l'épaule, et de l'autre il présente un médicament. Je pense que Goya n'est pas mort à ce moment-là, même si en fait il ne s'est peut-être jamais complètement remis. Personne ne sait quelle était sa maladie, mais manifestement c'était très grave. Le docteur Arrieta était une sorte de spécialiste de la peste et il est allé l'étudier en Afrique. J'ignore si oui ou non il l'a attrapée. Mes informations s'arrêtent là.

C'est le docteur Leventhal, le bibliothécaire, qui fait le plus gros du véritable travail dans la bibliothèque. Il compulse les nombreux ouvrages de référence à la recherche d'articles ou d'illustrations sur les maladies et il nous les communique, à Olivia et à moi. Nous faisons le montage et le classement, nous rassemblons les tirés à part d'articles spécialisés et nous accueillons les visiteurs qui viennent consulter nos archives. Le public ne nous connaît guère, et nous ne le souhaiterions d'ailleurs pas, mais nous nous occupons personnellement de notre propre équipe de médecins et des spécialistes extérieurs, ainsi que des visiteurs très particuliers. Nous avons en ce moment Mrs. Halloran et le docteur Simek. Mrs. Halloran est une dame extravagante à l'air faussement autoritaire qui prétend être en relation avec l'au-delà et essaie de démontrer que l'influence de Saturne est responsable de la plupart des anomalies du comportement. On rencontre beaucoup de ces doux maniaques dans les bibliothèques. Le docteur Simek est un Tchèque extrêmement réservé (ou bien un Polonais, nous n'en sommes pas tout à fait sûres et nous ne pensons pas que ce soit à nous de le demander). Il travaille avec de minuscules fiches sur une histoire des traitements de la dépression, ou de la mélancolie, comme on l'appelait, et il vient tous les jours. Ils viennent tous les deux tous les jours, et je pense que c'est surtout parce que la bibliothèque est très bien chauffée.

Les tentatives de Mrs. Halloran pour engager la conversation avec le docteur Simek — efforts qu'il ignore avec une courtoisie silencieuse — atteignent en quelque sorte leur point culminant lorsque tous deux veulent consulter le même dossier de photos. C'est toujours

Mrs. Halloran qui gagne parce qu'elle fait tellement de bruit que tout le monde a intérêt à la faire taire ; tout comme certaines personnes attirent la compassion en se plaignant tout le temps. Dans ces cas-là, le docteur Simek sourit, incline la tête et dit : « Miss Frances, auriez-vous la gentillesse... », et il demande d'autres photos. C'est toujours moi qui m'occupe de lui parce qu'Olivia est plus brusque. On l'a entendue dire à Mrs. Halloran de se tenir tranquille ou d'aller dans une autre bibliothèque. Mrs. Halloran sait qu'elle ne tiendrait pas cinq minutes hors de ce lieu particulier, mi-salle d'étude mi-nursery, et elle se calme, au moins temporairement. Vers midi elle demande : « L'une de vous deux vient déjeuner au Bricklayers ? » et nous répondons comme toujours que nous avons tellement de travail que nous mangerons un sandwich en vitesse à la cantine. Mrs. Halloran s'absente deux heures et revient l'haleine un peu chargée, incapable de se concentrer, comme le prouve la façon dont elle regarde par la fenêtre pendant de longs moments, et tapote sur la table avec l'une de ses énormes bagues d'onyx. Elle n'a pas l'air de s'en rendre compte, et finalement le docteur Simek lève les yeux, incline poliment la tête et dit : « Madame, auriez-vous la gentillesse... » Je pense que c'est la première phrase qu'il a apprise en arrivant dans ce pays. Il ne va jamais déjeuner. Il ne doit jamais manger. Quand j'apporte le thé à Olivia, je prends quelquefois une tasse pour lui ; c'est ennuyeux parce que ensuite Mrs. Halloran en veut aussi une ; alors le docteur Leventhal apparaît à la porte qui sépare la bibliothèque de son bureau et demande si nous fêtons quelque chose, en nous priant de bien vouloir nous rappeler que le silence est de rigueur. C'est le genre d'homme qui ne sort de son mutisme que pour proférer une remarque condescendante. Mais à part cela il est tout à fait inoffensif. Je ne dirais pas que nous l'aimons beaucoup (ce ne serait vraiment pas l'expression juste), mais il est d'un caractère facile dans le travail. C'est un homme corpulent et doux, probablement timide, probablement solitaire, très correct, tout à fait supportable. Nous nous entendons tous très bien.

Cette routine qui pourrait être ennuyeuse est rompue par les visites de l'un ou l'autre des médecins de l'Institut, notamment de deux pour lesquels nous assurons la documentation, James Anstey et Nick Fraser. Surtout Nick Fraser. Nick est le préféré de tous, même du docteur Leventhal. Depuis que nous le connaissons, Olivia et moi, il se distingue par l'élégance et l'aisance qui assurent le succès. Il est grand, blond, athlétique, homme du monde, il est beau, charmant ; tout ce que l'on peut souhaiter chez un homme. Un jour, Olivia l'a appelé « notre héros national », à une époque où elle était plus qu'un peu amoureuse de lui. Elle l'est peut-être encore, pour autant que je sache, mais elle n'en parle jamais et je ne pose pas de questions. Nick nous fait des visites éclair. Hilare ou euphorique, il entre triomphant, prend Mrs. Halloran dans ses bras (« Delia, cher petit monstre, que faites-vous là ? »), commande avec un claquement de doigts toute une pile de photos, regarde sa montre, se souvient qu'il a un rendez-vous, me prie, avec son sourire enchanteur, de les monter dans son bureau, et ressort tout aussi triomphant, laissant derrière lui une traînée de désordre et d'excitation. Alors parfois Olivia serre les lèvres. Le docteur Leventhal apparaît à sa porte, voit de qui il s'agit et se tait. « Ne les monte pas, dit Olivia. Pourquoi le ferais-tu ? » Je réponds : « Oh, mais il le faut. Je ne peux pas le retarder dans son travail. Il est tellement brillant. Je parle de son travail, bien sûr. »

« Tu parles de lui. Tu as succombé, comme tout le monde. Le charme discret de la bourgeoisie a vaincu une fois de plus avec la fascination brutale des classes dominantes. »

C'est comme ça qu'elle parle. Elle a été élevée dans une famille strictement socialiste. Et puis elle est un peu amère parce que Nick est marié à une certaine Alix, aussi éblouissante que lui, que pour des raisons diverses Olivia ne supporte pas. Nous n'en avons jamais parlé car il vaut mieux être discret sur certains sujets, surtout lorsque les sentiments risquent de changer. Nous sommes toutes les deux un peu vieux jeu, probablement ; et malgré notre amitié profonde et sincère, nous ne sommes pas vraiment d'accord avec le mouvement de guérilla des femmes. Nous tenons sans doute à conserver quelque loyauté à l'égard des hommes auxquels nous donnons notre amour et notre affection ; nous considérons que nous devons d'unc certaine façon nous préoccuper de leur honneur. C'est vraiment ridicule, au fond. J'ai appris qu'il n'y a pas de réciprocité dans ces domaines-là. En tout cas, Olivia est une personne si bien élevée qu'elle trouverait qu'une telle discussion est d'un goût douteux. Alors nous ne disons jamais rien, même si, après l'une de ces visites, j'ai vu son regard s'assombrir et son visage devenir plus pâle que d'habitude. Il n'y a aucun espoir, bien sûr. Jc crois qu'elle s'en est rendu compte même avant moi. Elle est très courageuse.

Alors je grimpe l'escalier, chargée des photos de Nick ; il se cale un instant sur sa chaise en souriant et dit : « Fanny, ma belle. Comme c'est gentil à vous », et je redescends, puis je me mets énergiquement à une corvée ; par exemple, je classe avec entrain jusqu'à ce que Mrs. Halloran revienne de déjeuner. Alors elle envoie son sac contre une des tables, fait tomber quelque chose, et l'après-midi commence.

Nick travaille lui aussi sur la dépression et je suis parfois surprise qu'il parle à Mrs. Halloran, qu'il a connue au pub, plutôt qu'au docteur Simek qui était, paraît-il, un grand spécialiste dans son pays. J'aurais cru qu'ils avaient beaucoup de choses en commun. Le docteur Simek a essayé plusieurs fois d'attirer son attention, mais il est trop courtois, trop résigné, et Nick est toujours trop demandé pour qu'ils puissent se rencontrer. Le docteur Simek semble accepter cela comme il accepte tout le reste : le caractère anti-européen de cette bibliothèque, ses tasses de thé, ses cendriers, Mrs. Halloran, qui est parfois complètement saoule, et le fait que l'une des bibliothécaires est plus ou moins impotente. Je pense que c'est une chance que le docteur Simek travaille surtout sur le XIXe siècle, car Nick récoltera sûrement tous les honneurs quand il publiera son livre sur la dépression. La tête penchée de côté, les lèvres légèrement pincées, le docteur Simek examine avec application une photo qu'il tient d'une main un peu tremblante et attend que Nick ait fini de plaisanter avec Mrs. Halloran ; puis, quand le rire s'est calmé, il se racle la gorge et dit : « Docteur Fraser, auriez-vous la gentillesse... », sa phrase à tout faire, et il lui montre la photo. Nick, qui est toujours horriblement pressé et qui doit mener de front sa recherche, ses obligations professionnelles et sa vie mondaine, prend une expression navrée. Il dit : « Joseph, nous n'avons jamais le temps d'en parler sérieusement. Pourquoi ne pas venir dîner chez nous un de ces soirs ? Je dirai à ma femme de vous téléphoner. »

« Je n'ai pas le téléphone », dit le docteur Simek. On aurait pu s'en douter. « Nous pourrions peut-être dès maintenant... »

« Je lui dirai de téléphoner ici, lui assure Nick. Une

des filles vous fera la commission. » En fait, nous n'avons pas le droit d'utiliser le téléphone. L'appareil se trouve dans le bureau du docteur Leventhal et c'est son téléphone personnel. Mais il ne s'y opposerait probablement pas si c'était pour une question de recherche. Le dîner a dû avoir lieu ; le docteur Simek en avait sûrement grand besoin ; mais il ne montre aucune intention de laisser Nick tranquille. Quelquefois Nick arrive derrière son dos avec des précautions exagérées pour qu'il ne se retourne pas. Le docteur Simek ne se retourne jamais. Comme il est étranger, il n'accepte probablement que les rencontres officielles. Naturellement, il sait que Nick est dans la pièce puisqu'il l'a vu entrer, et je crois qu'il sait que Nick l'évite, mais il se contente de pincer les lèvres et poursuit son travail. Ce qui est bizarre, c'est que dans ces cas-là nous nous sentons un peu complices de Nick, Mrs. Halloran et moi. Nous suivons des yeux sa progression autour de la pièce, et en sortant sur la pointe des pieds il nous fait un clin d'œil reconnaissant.

Je m'étonne de ne pas en être gênée alors que je suis en général très choquée par la grossièreté. Mais il arrive, très rarement il est vrai, de rencontrer un personnage tellement hors du commun que la réaction instinctive est l'admiration, l'indulgence et, si l'on n'est pas très prudent, la supplication. Je ne discute pas du bien-fondé de cette attitude : je constate simplement les faits tels que je les vois. Et je ne suis pas une exception. J'ai remarqué que les hommes très beaux et les femmes très belles exercent sur les autres un pouvoir qu'ils n'ont ni le besoin ni même le temps d'analyser. Des individus comme Nick forcent l'admiration ; on les entoure, on les imite. Ils attirent aussi des gens comme moi, qui les observent. On n'est jamais tout à fait à l'aise avec ce genre de personnages car ce sont des princes, et notre devoir est de les divertir. Valeur et mérite retiennent rarement leur attention : leur beauté leur confère le pouvoir de choisir et leur permet donc de changer d'avis comme ils l'entendent. Ils ont tant de possibilités que leur capacité d'attention est très réduite. Leur beauté les a habitués à une satisfaction permanente.

J'ai rencontré une ou deux personnes de ce type et je les trouve fascinantes. Je m'aperçois que je les respecte comme un phénomène naturel : un arc-en-ciel, une montagne, un coucher de soleil. Je reconnais qu'elles n'ont peut-être aucun mérite intrinsèque et pourtant je finis toujours par essayer de leur plaire, d'attirer leur attention. J'ai envie de leur dire : « Et moi... ? Et moi... ? » Leur vie aussi m'intrigue ; elle pourrait être merveilleuse, ou devrait l'être. Je me donne toujours du mal pour ces gens-là et je les regrette quand ils partent. Je voudrais toujours tout savoir d'eux parce que j'ai tendance à être amoureuse de leur vie tout entière. C'est dire le pouvoir qu'ils exercent. C'est pourquoi je partage le sourire de Nick quand il s'épargne l'ennui d'une conversation avec le docteur Simek. Ce doit être une sorte de loi.

« Ça, dit Mrs. Halloran d'une voix pâteuse, une fois sur deux, après une de ces visites où Nick trouble la bibliothèque, c'est un sacré numéro. » Alors Olivia lui demande de se taire et d'observer la règle du silence. Mrs. Halloran dit : « Miss Benedict, pourquoi vous ne trouvez pas ce putain de tiré à part que je demande tous les jours depuis un mois au lieu de me dire ce que j'ai à faire ? Je ne vous dis pas ce que vous devez faire, n'est-ce pas ? »

« Si, à l'instant », dit Olivia qui est toujours parfaitement maîtresse d'elle-même. Après quoi elles se taisent pendant une heure ou deux, jusqu'à ce qu'une nouvelle dissension éclate : Mrs. Halloran aura-t-elle une tasse de thé ? C'est curieux, mais Olivia l'aime bien, et pourtant je crois qu'elle trouve parfois pénible la vie qu'elle mène à la bibliothèque. Mais elle ne dit jamais rien. Comment le pourrait-elle ? Entre son amour inavoué pour Nick et sa désapprobation secrète de sa conduite ? Naturellement, il ne se rendra jamais compte de l'un ni de l'autre. C'est en pensant à ça que je me félicite de n'être amoureuse de personne. Je ne suis pas amoureuse de Nick. Je ne suis pas amoureuse du docteur Leventhal (difficile à imaginer), ni du docteur Simek (encore plus difficile), ni même de James Anstey qui est pourtant grand, l'air dur, très présentable, célibataire, et certainement un peu teigneux, comme dirait Mrs. Halloran.

Autrefois je faisais rire ma mère quand je lui décrivais en rentrant le soir les gens qui étaient venus à la bibliothèque. Elle me disait d'un air admiratif : « Fan, ma chérie, je crois que tu as du talent. » Elle connaissait leurs habitudes, leurs adresses ; c'était pour elle un vrai feuilleton. Elle m'encourageait à écrire tout ça, alors j'ai acheté un grand cahier ordinaire et j'ai tenu une espèce de journal. Je pense avec plaisir qu'un jour j'utiliserai ce matériel pour écrire un roman drôle, une de ces chroniques humoristiques et mordantes comme en aiment les professeurs d'Oxford et de Cambridge. Je sais que j'en serais capable. Depuis la mort de ma mère, je n'ai personne à qui raconter ces histoires, personne qui soit aussi intéressé, qui connaisse les personnages, qui veuille savoir la suite, qui soit aussi ravi de m'écouter. Alors maintenant, quand je rentre chez moi le soir, je suis tentée d'écrire davantage. Mais ce n'est pas pareil et je dois faire un effort pour éviter une touche de mépris dans ce que je consigne. Il m'arrive même parfois de devoir faire un très gros effort, parce que je hais les gens mornes ; je dirais même que je hais les gens malheureux, c'est pour ça que je ne cherche pas à en savoir trop sur le docteur Simek. Tout cela ne m'intéresse pas.

Et on dirait que j'ai raison puisque j'ai écrit une nouvelle — à propos de la bibliothèque, mais en la rendant méconnaissable, bien sûr — qui a été publiée. Je n'en ai pas été aussi contente que les autres ont paru l'être, mais je suis heureuse que ma mère l'ait appris avant de mourir. Je ne lui avais pas lu celle-là, et d'une certaine manière il valait peut-être mieux. Elle a toujours pris les gens plus au sérieux que je n'essaie de le faire.

Ainsi les jours passent tranquillement. Je me lève, je vais travailler, je déjeune avec Olivia, je colle les photos, j'essaie même d'étudier toute seule certains tableaux. Pour moi, le pouvoir des images est très fort, même quand je ne les comprends pas. Parfois une image signifie quelque chose qui ne sera compris qu'en temps utile. C'est un aide-mémoire, un cryptogramme, exceptionnellement un signe de connaissance antérieure. Je suis très attentive aux images, à la bibliothèque et ailleurs. Je passe beaucoup de temps seule et le contenu de mon esprit, qui n'a rien d'extraordinaire, me surprend par ses multiples significations. C'est pour ça que j'aime la bibliothèque, pas seulement pour le travail de classement qui est sa principale raison d'être, mais pour la puissance des images, comme le fou du tarot, ou la *Mélancolie* et son livre déchiré, ou Goya avec son médecin.

La journée se poursuit paisiblement, et finalement le soir vient et nous commençons à ranger. La lumière s'éteint dans le bureau du docteur Leventhal et nous demandons au docteur Simek quelles photos il souhaite que nous laissions à sa disposition pour le lendemain. Un peu plus tard, il met son vieux pardessus serré, fabriqué à l'étranger, et son chapeau d'astrakan, noue son écharpe grise, glisse ses mains qui tremblent sans cesse dans de gros gants marron, s'incline légèrement devant nous et s'en va. Mrs. Halloran demande si l'une de nous l'accompagne au Feathers, qu'elle fréquente le soir, et quand nous lui répondons que nous sommes attendues pour le dîner elle se coiffe en tirant sur ses cheveux raides, jette sa cape de tweed sur ses épaules, dit : « Bon, comme vous voudrez », et sort dignement. C'est une femme bruyante. J'ai essayé de savoir pourquoi elle vient ici ; elle n'a pas vraiment besoin de nos collections pour les articles qu'elle écrit dans des revues de parapsychologie, mais Olivia dit qu'elle habite dans un petit hôtel de South Kensington et qu'elle doit sortir pendant la journée. En outre, elle a horreur d'être seule. Et je suppose que ses articles sont mieux payés si elle y inclut une ou deux illustrations. En tout cas, elle reste ici jusqu'au tout dernier moment, et il m'est arrivé de voir son visage s'affaisser à la fin de la journée, prendre une expression complètement désespérée. À ce moment-là, sa lèvre inférieure, qu'elle a un peu proéminente, ressemble à celle d'un bébé.

Je marche avec Olivia jusqu'à sa voiture, puis j'achète le journal, que je lis en prenant un café quelque part. Je n'ai jamais envie de rentrer chez moi et je retarde le moment aussi longtemps que possible. En général, je vais à pied de Manchester Square, où se trouve l'Institut, jusqu'à Edgware Road, et je passe devant tous les horribles magasins pleins de corsets et d'uniformes d'infirmières, de vidéocassettes et de produits indiens. Je passe devant les laveries et les salons de coiffure de dernier ordre, illuminés au néon mauve, jusqu'à ce que j'arrive sur les hauteurs plus salubres. Je rentre à pied par tous les temps. Quand je suis débarrassée de ma nervosité et de mon début de cafard, j'arrive dans mon appartement et je ne ressors plus. Je mange quelque chose, et généralement j'essaie d'écrire. J'arrive ainsi à faire passer le reste de la soirée.

Je me rends bien compte que j'éprouve une certaine résistance. C'est naturel. Je suis très jeune et je suis consciente de la monotonie de ma vie. Parfois, c'est presque un effort physique de m'asseoir à mon bureau et de sortir mon cahier. Parfois, je me surprends à soupirer en relisant ce que j'ai écrit. Parfois, c'est un tel effort de poser mon stylo sur le papier que j'en ai littéralement mal à la tête, comme si tous les meubles de mon esprit changeaient de place, comme s'ils étaient alignés dans un entrepôt, prêts à être livrés. Et pourtant toute cette lourdeur disparaît quand je me mets à écrire, et je me sens comme chargée d'électricité ; ce n'est pas désagréable en soi, mais ça me rend forcément plus nerveuse.

J'ai la chance de ne pas être hystérique. J'ai l'habitude d'être seule et il m'arrive de me demander si je pourrais supporter une vie très agitée. La question est purement théorique puisque cela ne m'a jamais tentée. Je suis très rangée, j'ai des habitudes spartiates. Je suis connue pour mon sang-froid, grâce auquel je me suis tirée de plusieurs crises. Par une ironie du sort mon sang-froid est tel que les autres ne savent rien de ces crises et me croient insensible. Et naturellement je n'en parle jamais ; ce serait insupportable. Si jamais je souffre de la solitude, c'est parce que j'ai choisi une voie difficile : je règle ces problèmes toute seule.

Parfois, je voudrais que tout soit différent. Je voudrais être belle, paresseuse, gâtée et capricieuse. Bref, je voudrais une vie plus facile. Certaines nuits, après une de ces soirées silencieuses, je reste éveillée dans mon lit et je me demande si c'est ça mon destin, si cette solitude devra durer le restant de mes jours. De telles réflexions m'entraînent au bord de la panique. Parce que je demande davantage ; je trouve même que je le mérite. J'ai quelque chose à offrir. Je ne suis pas une beauté, mais je suis agréable à regarder. En réalité, les gens me disent que je suis « charmante », ce qui me déprime toujours. C'est comme si on vous dit que vous êtes « brillant », ce qui ne veut strictement rien dire. Mais à part ça, je suis en bonne santé et j'ai largement de quoi vivre. J'ai peu de mauvaises habitudes en dehors de mon goût du sarcasme. Je ne suis pas croyante, mais j'observe certaines règles de conduite avec une grande piété. Je ressens tout très profondément, je crois. Si je n'y fais pas très attention, je deviendrai en vieillissant une épouvantable virago.

C'est pour ça que j'écris, c'est pour ça que j'en ai besoin. Quand la solitude m'enlise, me recouvre, me ternit, me rend pratiquement invisible, écrire est le moyen de me faire entendre. De rappeler aux autres que je suis là. Et quand j'ai disposé mes personnages, pillé mes réserves d'images, et que j'ai dépouillé les uns et les autres de toute la tristesse que je peux ressentir, alors il m'est possible de brancher le courant qui me permet, quand je m'y mets, d'écrire si facilement et de faire rire les gens. Apparemment, c'est ce qui leur plaît. Si je parviens à faire ça assez bien et si je fais rire les professeurs et les critiques, ils ne comprendront pas mon véritable message, qui est tout simple. Si j'étais davantage aidée par mon aspect extérieur et ma manière d'être, je communiquerais le message personnellement. Je dirais : « Et moi ?... Et moi ? » Mais comme je suis toute seule dans cette histoire, je dois user de ruse et d'artifices : avec un peu de chance et si je m'y prends bien, ce message ne sera jamais déchiffré, et les raisons pour lesquelles je le transmets de cette manière demeureront obscures.

CHAPITRE DEUX

Cet étrange sentiment d'isolement relève peut-être de mon environnement immédiat, qui doit être anachronique. Je me dis toujours que Maida Vale est un drôle de quartier, plein d'immeubles énormes qui eux-mêmes ont l'air pleins de petits personnages assez âgés. On voit très peu ces gens-là dans les rues, qui sont toujours désertes, et ceux qui s'aventurent au-dehors portent d'énormes manteaux de fourrure, ont des chiens et des cannes. Je ne vois personne quand je rentre le soir chez moi, bien que je sente des odeurs de cuisine appétissantes derrière les doubles portes sur chaque palier. J'imagine des préparatifs de dîners, j'imagine des maîtresses de maison aux cheveux argentés, portant de petits diamants aux oreilles, qui se penchent sur des tables de noyer pour allumer des bougies. Leurs invités ne viendront probablement pas de plus loin que la porte à côté ou l'étage au-dessous, mais ils seront très habillés pour la circonstance, les dames portant des robes de mousseline de soie noire usagées mais de belle qualité, les messieurs des vestes de velours et des nœuds papillon. Ils auront tous de légers ennuis de santé, comme il est naturel à leur âge, mais ils seront très empressés et enjoués, et s'extasieront sur l'arôme du sherry dans le consommé ; ils couvriront leur hôtesse de compliments.

Ces excellentes personnes suivent des conférences au Victoria and Albert Museum et se retrouvent de temps en temps pour aller au théâtre, sans y prendre plaisir. Vraiment, j'avais du mal à respirer, diront-ils entre eux. Ils se réunissent généralement à quatre pour un bridge, ou parfois à huit, et à onze heures et demie les dames prendront une tasse de thé pendant que les messieurs boiront un whisky-soda. Ils s'embrasseront affectueusement en se quittant et diront : « La prochaine fois, c'est vous qui viendrez chez nous. J'insiste. » Je ne connais, bien sûr, aucune de ces personnes. Je sens seulement leur cuisine, qui est délicieuse. Plusieurs dames ont envoyé des fleurs à la mort de ma mère, mais après avoir écrit pour les remercier j'ai jeté leurs cartes. Si une porte est ouverte quand je passe devant, je devine un signe de tête et un sourire rapides, mais comme je suis dehors toute la journée et qu'ils doivent jouer au bridge toute la nuit, ou du moins jusqu'à onze heures et demie, nous n'avons guère de chance de nous rencontrer. D'ailleurs, ils sont tous beaucoup plus vieux que moi.

Je me rends très bien compte que c'est une maison pour personnes âgées, avec son tapis rouge dans l'escalier, son lourd ascenseur aux portes de fonte, ses boîtes aux lettres de cuivre poli et son portier corpulent. Les occupants appartiennent à une classe et à une génération auxquelles on n'a jamais appris à baisser le ton ; des « Phyllis ! ma chère ! » se répercutent d'étage en étage jusqu'à ce que la porte se referme sur la visiteuse et sa fourrure. À Noël, j'ai vu apparaître des petits enfants en manteau à col de velours ; ils sont excessivement bien élevés et tiennent leur mère par la main. Quand ils ressortent, ils ont les joues toutes rouges, soit à cause du gâteau de Noël présenté en grande pompe (« la recette de votre arrière-grand-mère, mes chéris ! »), soit parce qu'ils sont impatients d'ouvrir les paquets bruissants qu'ils bercent dans leurs bras. L'été, c'est encore plus tranquille. C'est alors le tour des vieux d'aller voir leurs enfants, et de ma fenêtre j'entends monter du trottoir un bruit de voix et de cannes ; si je regardais, je pourrais voir Mrs. Hunt ou lady Cohen se livrer à l'opération délicate d'entrer dans la voiture. « Au revoir, Mr. Reardon et merci beaucoup », crient-elles en installant leurs vieilles jambes dans l'espace exigu. « Au revoir, Madame », dit le portier et il attend sur le trottoir que la voiture ait démarré sans encombre.

Je ne me sens guère chez moi ici, bien que j'y aie toujours vécu et que je ne voie pas de raison de déménager puisque l'appartement m'appartient désormais, et que tout est très cher en ce moment. À vrai dire, je suis tellement à l'aise et ma vie est si bien réglée que je ne pense que très rarement à cela. La nervosité dont je parlais est due en partie à l'ennui et en partie au manque de compagnie. Je rêve parfois d'une vie où je passerais mes soirées assise sur le lit de quelqu'un d'autre à échanger des confidences, à nous raconter nos histoires d'amour, à parler chiffons, essayer de nouvelles coiffures... Encore que tout ça n'est pas vraiment mon genre. Mais c'est très difficile d'inviter quelqu'un ici. Si ma vie devait changer brusquement et si je devais me constituer un cercle d'amis complètement nouveaux, il faudrait que je réaménage l'appartement de fond en comble. Il y a peu de chances que j'organise des dîners à dix ou des soirées de cinquante personnes, bien que les pièces soient suffisamment grandes. Et je sais que j'aurais du mal à me séparer des meubles ; je m'y suis inexplicablement attachée alors que j'ai passé mes années les plus difficiles à pester contre. Le bouleversement devrait être vraiment très profond pour que je me dise que j'ai enfin pris possession de ce lieu et que j'ai le droit de le rendre mien.

Dans mon esprit, en effet, il appartient encore à mes parents. Mon père et ma mère se sont installés ici pendant la guerre, quand le travail de mon père a exigé qu'ils vivent à Londres. Ils ont déménagé très vite, comme on le faisait à cette époque-là ; en une semaine ils s'étaient débarrassés de leur maison dans le Surrey, que ma mère trouvait trop difficile à entretenir. Comme la propriétaire de l'appartement tenait à le vendre avant d'aller rejoindre sa sœur en Amérique, ils l'ont pris en l'état, avec tout ce qu'il contenait. C'est ainsi qu'ils ont hérité ce décor très particulier qui a l'air d'être sorti tout droit du cerveau d'une cocotte provinciale ambitieuse. L'époque étant ce qu'elle était, mes parents n'ont rien fait pour le transformer ; ils étaient de toute façon trop absorbés l'un par l'autre, trop inquiets de la sécurité de l'autre pour s'intéresser à l'endroit où ils vivaient, du moment où celui-ci était à l'abri, bien chauffé, confortable et les protégeait du danger. Même quand la vie a repris plus normalement qu'ils n'auraient jamais osé l'espérer, ils n'ont rien changé, peut-être par superstition. J'ai donc grandi parmi toutes sortes d'horribles glaces biseautées suspendues par des chaînes au-dessus de cheminées décorées de carreaux de faïence, des moquettes blanc cassé à longs poils, des tapis à motifs en zigzag, des tables gigognes en noyer, des fauteuils en demi-lune recouverts de cuir clair qui craque, des lampadaires à abat-jour de satin ivoire, des treillis de fer forgé blanc devant les radiateurs, une table de salle à manger assez massive pour écraser les dix chaises dont le siège est tapissé de brocart beige fixé par des clous de cuivre, des « cosy corners », des coiffeuses avec miroirs à trois faces revêtues de plaques de verre et enfin, pièce de résistance, une collection d'oiseaux de porcelaine et de verre, dont certains assez gros, qui défilent sur les étagères de bibliothèques de bois clair parfaitement cirées, fermées par des portes coulissantes, en verre elles aussi.

Ma mère avait domestiqué cet intérieur en glissant ses nombreuses photos de mon père, puis de moi, sous la plaque de verre de sa coiffeuse. Elle ne s'intéressait guère à ce qui l'entourait, mais elle aimait cet appartement solide, situé dans un immeuble rassurant en pierre de taille au-dessus de la Westminster Bank, au coin de Maida Vale et d'une de ces rues tranquilles qui partent en direction de St. John's Wood. Mr. Reardon, le portier, veille sur un ascenseur geignard aux garnitures de cuivre poli ; par ailleurs, il occupe un réduit au rez-de-chaussée. Avec le temps, ma mère s'était mise à aimer le bruit solennel des portes de l'ascenseur qui se ferment : elle avait l'impression d'être ainsi entourée et protégée, ce qui était devenu pour elle un besoin.

C'est un très grand appartement, bien trop grand pour moi. Du temps de mes parents, ce problème avait trouvé sa solution tout à fait par hasard, en la personne de Nancy. Nancy vient d'Irlande. Ils l'ont trouvée en larmes sous un porche, après un raid aérien qui avait écrasé la maison où elle vivait dans une seule pièce. Ils l'ont emmenée chez eux ; elle est devenue leur domestique dévouée et elle est toujours là. Tous les appartements de ce style ont été conçus pour loger les employés de maison : Nancy a sa chambre et sa salle de bains derrière la cuisine qui est assez grande pour lui servir de salle de séjour. Elle est passablement âgée à présent et elle vivra sûrement ici jusqu'à sa mort. Elle se lève très tôt et va à la messe tous les jours. Elle revient et prend son petit déjeuner à une heure à laquelle je suis déjà partie travailler. Elle sort ensuite faire les courses et ne quitte plus l'appartement jusqu'au lendemain matin. Son emploi du temps ne varie jamais. Autrefois, elle servait tous les soirs le dîner de mes parents, si bien que ma mère avait peu à faire ; ce qui valait mieux car elle avait le cœur fragile, et le médecin lui avait recommandé de ne rien porter ni rien soulever. Après la mort de mon père, quand ma mère s'était beaucoup affaiblie, Nancy préparait son repas du soir et le lui apportait sur un plateau. Cela a fini par être le même repas chaque soir : une tasse de soupe, un peu de poulet, une compote de fruits, le tout en portions minuscules. À mesure que ma mère s'affaiblissait, le repas devenait plus léger et plus mou : de la soupe, que ma mère touchait à peine, quelques biscuits beurrés, une assiette de crème au lait ou de semoule. Aujourd'hui, quand je suis chez moi, elle me sert le même repas, et bien que je le déteste je sais que je ne peux pas empêcher Nancy d'agir de la sorte. « Madame a toujours aimé que ce soit ainsi », dit-elle, et ses petits yeux, qui ressemblent étonnamment à des fleurs bleues, me regardent avec une sorte de désappointement réprobateur.

Je n'ai jamais connu personne qui se lamente et qui pleure autant que Nancy. Après la mort de ma mère, j'avais les yeux secs et un visage de marbre, heureuse que l'épreuve soit finie. J'ai rangé froidement la chambre. J'ai ouvert les rideaux, mis tous les médicaments inutiles dans un sac en plastique, défait cet horrible lit. Pendant ce temps, Nancy était assise dans le fauteuil de ma mère comme un enfant effrayé ; de petites larmes glissaient sur ses joues, des mèches de cheveux gris étaient collées sur son visage mouillé. Elle m'a trouvée insensible et m'a arraché les pantoufles de ma mère au moment où j'allais les jeter ; elle les a serrées contre elle, caressées... Elle avait été une infirmière courageuse. Elle soutenait la tête de ma mère pendant les spasmes dont je ne supporte pas le souvenir, alors que je me précipitais vers la porte, terrorisée. Elle la préparait pour la nuit, lui caressait le front, lui tapotait la main sur le drap. Ou bien elle prenait cette main et la pressait, une main devenue si maigre qu'il fallait coller les bagues avec du ruban adhésif. Mais c'était pour moi que ma mère restait éveillée, pour le baiser du soir que j'avais fini par prendre en horreur, comme tout le reste. Elle murmurait : « Fan, ma chérie », et Nancy restait avec elle jusqu'à ce qu'elle s'endorme.

Comme ma mère, je n'ai rien modifié dans l'appartement. Si les jours ont changé, les soirs sont toujours les mêmes quand j'entends Nancy traverser le corridor pour aller fermer la porte et revenir en traînant les pieds. La cuisine est la même. Et je n'ai pas plus de prise sur le décor que n'en avait ma mère. Nancy se désole quand je suggère d'ôter les oiseaux de porcelaine et de verre qu'elle époussette chaque jour et lave une fois par semaine. L'appartement est beaucoup trop grand, mais nous avons condamné les trois chambres superflues et nous ne nous gênons pas du tout. Et puis je peux facilement aller d'ici au bureau à pied. De temps en temps, je trouve cet endroit insupportable et je rêve d'une simple mansarde quelque part ailleurs, toute blanche et vide, donnant sur des arbres. Mais ensuite je passe les doigts sur les rideaux de brocart doré avec leurs embrasses à glands et je me souviens que ma mère attendait à la fenêtre que mon père rentre à la maison. Je sais alors que je resterai ici.

Un jour, Nick et Alix m'ont raccompagnée chez moi. C'était au tout début de nos relations. Ils ont regardé autour d'eux avec étonnement et j'ai pensé qu'ils approuvaient, parce que c'est très confortable. Mais quand ils ont vu les oiseaux, récemment lavés par Nancy, leurs regards se sont croisés et en quelques secondes ils titubaient de rire et s'effondraient hors d'haleine dans les affreux fauteuils de cuir. Ils ne se sont calmés que pour recommencer de plus belle et j'ai dû les imiter, tout en pensant... Qu'est-ce que j'ai pensé ? Que je n'avais encore jamais vraiment regardé ces oiseaux, que je n'avais pas remarqué à quel point ils étaient ridicules. Je les ai mis dans un tiroir après le départ de Nick et Alix, mais Nancy les a ressortis le lendemain matin et leur a donné un bain supplémentaire. Je n'ai rien dit.

Pour le reste, Alix a eu l'air de bien aimer l'appartement, bien qu'elle ait eu une autre crise de fou rire quand elle a demandé un cendrier. Je lui en ai donné un en malachite verte, avec sur le bord un perroquet (en malachite verte) penché dessus comme sur un lagon tropical. Comme je ne fume pas, je ne l'avais jamais vraiment regardé, mais je suis arrivée à le reléguer au fond d'un placard quand ils sont partis. Naturellement, Nancy l'a retrouvé, et il a vite repris sa place habituelle.

Alix et Nick dont je n'attendais pas, n'espérais pas la visite, voilà qu'ils me raccompagnaient chez moi en voiture après que j'avais dîné avec eux, et je les faisais entrer, avec un mélange d'enthousiasme et de panique. Eux, modérément curieux, toujours prêts à s'amuser, ont consenti à s'asseoir, mais ils n'ont pas retiré leur manteau, leur écharpe et leurs gants. Cela n'avait rien d'une vraie visite. Ils ne m'ont pas laissée leur offrir à boire ni faire du café, et pourtant ils se sont attardés et se sont livrés à un véritable inventaire. « J'aime bien connaître les maisons des gens », a dit Alix. « Autrefois, j'en avais une très belle. » Sur quoi elle a poussé un soupir et a sorti ses cigarettes et son briquet. Nick s'est apitoyé : « Chérie, je t'en prie. » Mais à ce moment-là j'ai tendu le cendrier perroquet, ce qui a fait opportunément diversion. Nous avons ri avec elle, nous lui étions reconnaissants d'avoir retrouvé sa gaieté. Dès ce moment-là j'ai vu que Nick était perpétuellement à l'affût d'un de ses changements d'humeur, et j'ai pensé qu'elle avait bien de la chance.

Alix s'est ressaisie en faisant un effort qui lui a donné l'air plus autoritaire que d'habitude. Elle a dit que c'était ridicule que j'aie tant de place, que je devrais mettre Nancy dans un asile de vieillards et habiter leur chambre d'amis, qu'ils pensaient toujours à louer pour avoir un peu plus d'argent. Elle a ajouté que de cette façon ils pourraient me surveiller ; et je l'envisage, malgré la question de Nancy à laquelle je n'ai encore rien dit. Alix s'est emballée en voyant la grande salle de bains avec ses carreaux vert pâle des années trente, et la baignoire qui est tellement plus spacieuse que la leur. Il est vrai que tout l'appartement est beaucoup plus à leur mesure qu'à la mienne, comme l'a dit Alix. Et elle s'est énervée quand j'ai dit que je préférais le leur. « Tu ne sais pas ce que c'est que d'y habiter, a-t-elle dit avec agacement. Et d'ailleurs tu ne l'as vu qu'une seule fois. » Nick est toujours malheureux quand elle se met à parler de leur appartement. Il lui a dit : « Chérie, pourquoi ne demandes-tu pas à Fanny de te vendre son appartement ? Elle pourrait prendre le nôtre, il est plus à sa taille. » Cette forme de conversation indirecte m'a soudain paru bizarre ; essentiellement parce que rien ne l'empêchait de me poser la question lui-même. Mais naturellement il n'a aucune intention de déménager ; il veut seulement lui faire plaisir. Elle a plissé les yeux, comme elle le fait toujours quand on parle autour d'elle d'acheter ou de vendre. Ça la met dans un tel état d'être sortie de son rang, comme elle dit en prenant un air tragi-comique, et que la propriété de sa famille en Jamaïque ait été vendue pour payer des dettes. Quand elle entend parler d'argent, elle s'enveloppe dans son manteau de fourrure, et elle frissonne parce qu'elle se souvient qu'avant d'apprendre que son père était insolvable elle ne passait jamais un hiver en Angleterre. Il ne faut jamais parler à Alix d'argent ou de froid. Ça fait trop de peine à Nick. Et à Alix.

Nous vivons donc, Nancy et moi, dans cet appartement et nous ne nous parlons pratiquement pas. Bien sûr, je n'y suis jamais pendant la journée, et maintenant, grâce à Dieu, presque jamais le soir non plus. Il n'y a aucune raison de changer quoi que ce soit. En pensant à cette pauvre Alix qui frissonne dans son manteau de fourrure, j'ai presque honte de dire que j'ai plus d'argent qu'il ne m'en faut, bien que ce ne soit pas le genre d'argent qu'Alix soit disposée à respecter. Au départ, mon père avait hérité de sa famille, plutôt originale, une fabrique de jouets dans l'East End. Il la vendit dès qu'il put et s'associa avec son ami Sydney Goldsmith pour investir dans le marché des valeurs. Ils réussirent d'une manière insensée. Ils créèrent une société, firent deux ou trois déjeuners d'affaires par semaine, se diversifièrent et finirent par devenir assez riches. C'est de là que vient l'argent que j'ai et je m'en occupe aussi peu que le faisait mon père. Il tenait surtout à gagner sa vie d'une façon qui le laisse entièrement libre de se consacrer à ma mère. Je crois que Sydney était le cerveau de l'association. Il aimait beaucoup mon père et leur amitié semble avoir connu une douce paix que je n'ai jamais rencontrée depuis. Vraiment, toutes les émotions de cette époque-là demeurent inégalées... Après la mort de mon père, Sydney venait voir ma mère une fois par mois, toujours avec une boîte de chocolats qu'elle donnait à Nancy après son départ. « Eh bien, Fanny, me disait-il dans le vestibule en enlevant son élégant manteau en poil de chameau et son feutre marron (il s'habillait toujours comme un gangster), comment va notre chère amie aujourd'hui ? » Et il tenait compagnie à ma mère en lui parlant de mon père, quoique je suppose qu'il était lui-même amoureux d'elle. Quand j'y pense, je trouve qu'ils étaient d'une innocence sans bornes. Je redoutais un peu ces visites qui suivaient un rituel invariable. Je devais toujours être à la maison quand Sydney venait, et tout en reconnaissant qu'il était le plus gentil des hommes, comme l'affirmait mon père, je comptais les minutes en attendant qu'il s'en aille. Son départ lui aussi suivait un ordre immuable. Sydney s'inclinait sur le fauteuil de ma mère et l'embrassait sur le front en disant : « Quand vous voudrez, Béatrice. Venez me voir quand vous voudrez. Mon temps vous appartient. » Il échangeait toujours quelques mots avec Nancy en se retirant ; il se faisait même un devoir de frapper à la porte de la cuisine pour la remercier pour le thé. Elle aussi l'aimait. Il continue à venir, bien que j'y sois rarement. Je crois qu'il habite maintenant à Worthing. Il me semble qu'il a parlé de s'y installer. De rompre les amarres, a-t-il dit.

Les hommes qui ont entouré ma mère étaient comme des prêtres à son service. Ils l'aimaient comme j'espère ne jamais être aimée : mon père, Sydney Goldsmith et le docteur Constantine qui s'est occupé d'elle pendant tant d'années. C'est pourquoi je recherche la compagnie des hommes jeunes, polis, distingués, ambitieux, prodigieusement doués, comme Nick et ses amis. Dans l'univers de ma mère, du moins à la fin de sa vie, les hommes étaient bons, timides, fragiles, trop sensibles à ses maux. Je ne veux plus jamais rencontrer de tels hommes. En quelque sorte je les préfère inaccessibles, même si cela veut dire qu'ils me sont, à moi, inaccessibles. Je ne peux plus supporter le regard de détresse, le calme trop facile à ébranler, le déclin de l'espoir. Il me faut maintenant des gens viables, durables. J'essaie de saisir leur invulnérabilité et de me l'appliquer à moi-même. Je veux sentir que le monde est assez dur pour résister aux coups autant que pour en donner. Je veux des preuves de bonne santé et de chance, et des gens qui jouissent des deux. Ces soins religieux, cette gaieté simple et enfantine, cette délicatesse d'intention, ce soupir instantanément réprimé, cette joie devant des attentions de routine, cette foi dans le train-train habituel, cette fidélité, cette constance, et la terreur que tout cela recouvre... Plus jamais.

Je n'ai absolument pas besoin de recommencer un jour à prétendre que tout va bien. Rien ne va, rien n'est jamais allé. C'était insupportable et je me suis exercée à le supporter. Les vertus tristes et patientes qui paraissent incrustées dans les murs mêmes de cet appartement, dans son ameublement — où la légèreté des détails se bat en vain contre la pesanteur de l'aspect général —, rien de tout cela n'a encore de rôle à jouer dans mon existence. Le sublime qui a fleuri entre ces murs nous a tous laissés démunis de vices avec lesquels résister au monde, démunis de la sorte de savoir qui protège et assiste les entreprises hasardeuses. Je sais maintenant qu'il faut être aussi rusé qu'Ulysse pour mener à bien sa traversée. Je crois avoir appris la leçon — en tout cas je l'espère — et j'ai l'intention de faire bon usage de mon savoir, tout en ne voyant pas trop comment. S'il le faut, je serai écrivain pour mener une vie nouvelle, et ce sera très amusant. J'ai beaucoup de chemin à faire, je le sais. L'ancien modèle est encore vivant, parce qu'il était parfait, parce que tout ici conspire à le perpétuer. C'est comme une longue vieillesse, à jamais délaissée et qui attend la fin.

Maintenant, chaque matin, je me lève vite et je pars avant que Nancy revienne de la messe. Je me hâte vers la bibliothèque, prête à observer la sottise infinie des préoccupations sérieuses. Je note tous les traits du comportement des gens autour de moi, et quand je rentre à la maison j'écris tout. Alors je sens le poids de toute cette vertu me quitter, me laissant plus légère et presque prête à recommencer.

Je resterai probablement ici jusqu'à ce que Nancy meure, ou qu'elle parte, ce qui est improbable, bien qu'elle ait une sœur à Cork. Cette maison est à elle autant qu'à moi, puisque je suis prête à m'en aller, depuis quelque temps. Je voudrais habiter plus près de Nick et Alix, si pas forcément chez eux. J'ai besoin de leur gaieté, de leur énergie, de leur durabilité. J'ai besoin de participer à la vie qu'ils semblent engendrer ; j'ai besoin de ces repas impromptus, de ces décisions de dernière minute, de cette aisance. Ici, tout est prudent, circonspect, raisonnable. Les portes de l'ascenseur résonnent, et Nancy traîne ses vieilles pantoufles ; parfois le plateau apparaît devant moi avec le même petit repas préparé et je frémis intérieurement, mais je le mange pour lui faire plaisir. Je serais incapable de la blesser. Mais elle a l'air de croire que rien n'a changé, que rien ne changera jamais, et elle ne voit pas (pourquoi le verrait-elle ?) que cela me fait peur.

C'est tellement différent chez les Fraser. Alix, qui a toujours eu des domestiques, ne connaît rien à la cuisine excepté le steak et les spaghettis, qu'elle prépare en effet assez bien, de sorte que ses spaghettis sont devenus « ses » spaghettis et que les gens lui en font des compliments. Elle a une habitude amusante : elle pose des questions à de parfaits inconnus s'ils lui paraissent intéressants ; souvent nous sommes allés tous les trois le soir au restaurant et nous nous sommes retrouvés avec deux ou trois personnes de plus, ou plus fréquemment une seule, parce qu'elle est toujours fascinée par les personnes seules ; je suppose qu'elle n'en connaît pas beaucoup. Tout le monde succombe à Alix, qui peut poser les questions les plus scandaleuses sans choquer ; au bout d'un moment ceux qu'elle questionne ont envie de se confier à elle, et en général ils le font. Ils lui téléphonent d'habitude le lendemain matin, et je suis sûre qu'ils pensent tous avoir fait une rencontre importante. Ils doivent aussi attendre, comme je l'ai fait, la première invitation. « Il faut que vous veniez goûter mes spaghettis. » C'est ce qu'Alix a dit le jour où elle est passée à la bibliothèque après avoir déjeuné avec Nick. « Ce ne sera pas grand-chose, a-t-elle ajouté, parce que je suis une déclassée. » Elle a fait une drôle de mimique et a regardé Nick, qui l'a regardée à son tour, d'une façon qui m'a mise un peu mal à l'aise, puis ils sont sortis ensemble et je ne les ai pas revus pendant quelque temps. C'est ainsi que je l'ai rencontrée, alors que, naturellement, je connais Nick depuis beaucoup plus longtemps. Il n'est jamais bien loin de la bibliothèque.

Bref, je suis allée dîner chez eux un soir, le lendemain même du jour où j'avais rencontré Alix, et j'ai été enchantée. J'ai tout aimé : le petit appartement près de King's Road, la cuisine minuscule où je l'ai regardée préparer les fameux spaghettis, qui étaient très bons, et la chambre d'amis où j'ai posé mon manteau, et qui est en réalité plutôt petite... J'ai surtout aimé me sentir entraînée par Alix, par quelqu'un d'aussi fort et d'aussi décidé, après le royaume des ombres dans lequel je vis depuis si longtemps. Nous sommes restées seules assez longtemps en attendant que Nick arrive et elle m'a raconté son enfance merveilleuse à la Jamaïque, ses voyages autour du monde avec son père. Elle m'a dit combien elle regrettait cette vie animée et intense. J'imagine qu'après tout cela ce doit être assez ennuyeux d'être femme de médecin à Londres, mais le plus étonnant c'est qu'elle s'intéresse réellement au travail de Nick et qu'elle est toujours prête à l'aider. Je trouve merveilleux qu'elle passe tellement de temps à remonter le moral des gens en mauvaise santé ou déprimés. Je ne connais pas de meilleur tonique que de parler à Alix. Je sais que les gens l'estiment énormément et je devine qu'elle doit les réconforter ; elle a un don. Elle me parlait de sa réussite avec un homme particulièrement malheureux ; tout le monde avait été impressionné. Elle pensait, m'a-t-elle dit, que c'était probablement parce qu'elle était le genre de femme qui comprenait ses problèmes, mais elle a ajouté avec un soupir que c'était très éprouvant, très angoissant et qu'elle n'y était pas du tout habituée.

Je lui ai dit que je pensais qu'elle accomplissait une tâche très utile.

Elle a encore soupiré. « Je veux bien le croire, a-t-elle dit. Et si ça aide Nick... Après tout, c'est mon rôle maintenant. Et naturellement on peut me faire une confiance totale. Tout le monde le sait. Je suis une vraie tombe. »

Encore une fois j'ai exprimé mon approbation.

« Et toi ? a-t-elle demandé. Qu'est-ce que tu fais en dehors de trimer dans cette bibliothèque ridicule ? »

Je lui ai dit combien ça m'avait aidée de continuer à travailler si régulièrement après la mort de ma mère, quand j'avais compris que c'était ma seule protection, comment le cadre de la journée de travail, sa banalité même m'avaient permis de me calmer après ce moment pénible et déroutant, comment la présence silencieuse du docteur Leventhal et d'Olivia avait fourni des repères dans la perspective vertigineuse de ma nouvelle solitude...

« Oh, tu es orpheline ! » a-t-elle crié avec une emphase comique. Puis, s'adressant à Nick qui venait d'entrer à ce moment-là : « Chéri, elle est orpheline ! Fanny la Petite Orpheline ! » On croyait entendre les majuscules. Dans sa bouche, c'était drôle et léger, et je me suis sentie mieux. Depuis ils m'appellent toujours Fanny, ou Fanny la Petite Orpheline.

Ensuite, nous n'avons plus parlé parce que Nick avait amené un homme avec lequel il avait fait une partie de bras de fer dans un pub et que cet homme, qui était irlandais, nous a raconté sa vie. C'était très intéressant.

Ça me tracassait de les inviter à mon tour, même en excluant l'Irlandais, parce que je pressentais que Nancy s'en offenserait. Elle ne fait plus beaucoup de cuisine à présent, et comme nous n'avons pratiquement jamais eu de visites le soir elle aime fermer la porte à clef de bonne heure, et tout changement dans ses habitudes la dérange et l'effraie. Je l'ai expliqué à Alix et il est apparu que je n'avais pas à m'inquiéter, parce qu'ils dînent généralement dehors. Il y a un restaurant au rez-de-chaussée de leur immeuble et ils trouvent beaucoup plus commode de manger là. C'était une excellente nouvelle car cela signifiait que je pouvais dîner avec eux sans me sentir coupable et payer ma part, ou les inviter.

La semaine suivante, je suis allée là-bas avec eux et ce fut une nouvelle révélation. Comme c'est un endroit où l'on mange, il a l'avantage de la commodité, mais c'est surtout là qu'Alix retrouve ses amis. Elle fait partie de ces femmes privilégiées qui créent des cercles d'amis fidèles où qu'elles aillent, si bien qu'être avec elle, c'est comme faire partie d'un club. Elle est particulièrement liée avec une dame italienne terriblement aristocratique qui s'appelle Maria, qui habite le même immeuble, et qui a eu elle aussi une vie passionnante. Maria et Alix s'entendent tellement bien qu'elles peuvent se dire des choses horribles et se traiter de tous les noms, ça se termine toujours par un fou rire. Maria est superbe, à la manière des femmes élancées et altières que l'on peut rencontrer dans le nord de l'Italie ; je dis superbe plutôt que très belle parce qu'elle est grande et très imposante. Elle a la même aisance qu'Alix et elle est en excellents termes avec tous les autres dîneurs. J'ai cru comprendre que tous les habitués dînent tôt et que tous les amis d'Alix viennent plus tard. C'est ainsi qu'une soirée passée en compagnie d'Alix et de Maria — et de Nick, naturellement — ne ressemble à aucune autre.

J'étais éblouie, ravie. Nous avons passé toute la soirée ensemble, Maria fumait à notre table, et c'était toute la vie de bohème que j'avais lue dans les livres. Maria est apparemment assez riche, quoique sa situation financière soit incroyablement compliquée à cause de son divorce. Alix et elle consacrent beaucoup de temps à ce problème. J'ai cru comprendre qu'elle préférait rester à Londres, où elle a beaucoup d'amis. Il en est venu plusieurs l'un après l'autre ce soir-là ; elle les a accueillis avec beaucoup d'enthousiasme, allant d'une table à l'autre, et elle lançait des exclamations de reconnaissance à ceux qui franchissaient la porte. Certains faisaient semblant en entrant de vouloir nous éviter, mais ils étaient interceptés par Maria, que Nick m'a présentée comme l'ogive nucléaire italienne. « Elle nous terrorise tous, a-t-il ajouté. Si nous ne nous méfions pas, elle s'arrangera pour que nous n'ayons rien à manger. Elle ne supporte pas les casse-pieds. » Maria a fait mine de le gifler, et lui de contre-attaquer. Finalement, elle l'a vraiment frappé. Il a crié « coup bas ! » et ils se sont écroulés de rire.

Alix s'est raclé la gorge cérémonieusement pour annoncer : « Je te présente Fanny. Sois gentille avec elle. Elle est orpheline. »

« Salut, Fanny », a dit Maria. J'ai serré la grande main qu'elle me tendait. « Bienvenue au club. » J'étais très émue. Je n'ai rien trouvé d'autre à dire que « Merci ! »

J'ai essayé de mettre tout ça au clair dans mon journal quand je me suis couchée cette nuit-là. Je me sentais comme sauvée du vide le plus épouvantable. Je m'étais tellement efforcée de vivre raisonnablement et sans espoirs excessifs — car malheureusement mes espoirs m'ont souvent conduite à faire des erreurs — que j'avais du mal à croire à ma chance, maintenant qu'il m'arrivait une chose aussi extraordinaire et vivifiante. Ça n'annonçait que du bon. Je suis restée éveillée longtemps, et après avoir réfléchi un peu, j'ai décidé de considérer toutes les erreurs et toutes les idées fausses du passé comme enterrées. J'avais toujours souhaité mettre les choses au point et il me semblait que j'allais recevoir l'aide dont j'avais précisément besoin. Il y a des amis qui vous changent la vie, mais tout en sachant qu'ils existent quelque part, vous ne les rencontrez pas toujours au bon moment. Désormais, la voie paraissait plus facile. J'avais été tirée de ma solitude ; on m'avait donné une nouvelle chance ; et je mettais tous mes espoirs dans un avenir qui effacerait le passé.

CHAPITRE TROIS

La première fois que j'ai vu Nick et Alix ensemble, j'ai eu l'impression d'assister au triomphe des théories du XIXe siècle sur la sélection naturelle. Manifestement, les plus aptes avaient survécu en la personne de Nick et Alix, tandis que des gens comme Olivia et moi, Mrs. Halloran, le docteur Simek et le docteur Leventhal n'avaient qu'à sombrer dans une obscurité stérile. Leur présence physique, on pourrait presque dire leur gloire physique, était tellement suffocante que je me suis immédiatement sentie faible et pâle, pas décadente, mais sous-alimentée, privée des forces les plus puissantes de la vie, condamnée aux pièces sombres, aux repas frugaux et à une existence rampante, appropriée à ma condition de faiblesse, qui me permettrait de décliner doucement jusqu'à l'extinction.

Bien sûr, j'étais habituée au charme trépidant de Nick, à son immense taille, à ce qu'il y a en lui de radieux. À vrai dire, je n'avais qu'à observer Olivia et Mrs. Halloran pour voir que l'effet qu'il produit sur les femmes se situe très haut sur l'échelle de Richter. Comment le décrire ? Il n'y avait rien de particulièrement profond dans ses câlineries désinvoltes, auxquelles nous nous étions toutes habituées ; il parvenait cependant à nous donner l'impression que ces « chéries » (Fanny chérie, Olivia chérie, Delia chérie) pourraient un jour revêtir une signification. Il semblait se ménager une atmosphère d'affection, et pourtant je crois que nous trouvions toutes que c'était son climat naturel. Il était né comme ça ; il ignorait totalement, en apparence du moins, les compromis et les expédients désolants, les substitutions et les fantasmes qui constituent le bagage émotionnel de la moyenne des gens.

Nous présumions que cette tonalité d'amour le suivait depuis l'enfance, qu'elle avait toujours été son élément naturel et ne lui avait jamais manqué. S'il usait de cajoleries, c'était parce qu'il les avait toujours connues lui-même. Il était très aimé, c'était criant. Il y avait cependant chez lui une fébrilité, une urgence qui rappelaient sans aucun doute une sexualité intense, qui y faisaient penser, qui en rendaient les autres conscients. C'est cet aspect de sa personnalité qui frappait le plus. Aussi spectaculaire et satisfaisante qu'ait pu être sa vie dans ce domaine, il donnait toujours l'impression d'être prêt pour davantage, pour d'autres expériences, pour un accomplissement infini de ses désirs. C'était un chasseur. La combinaison entre l'affection chaleureuse qu'il prodiguait sans discrimination et le regard dur, encore que fortuit, qu'il posait sur les femmes faisait penser qu'il pourrait peut-être en favoriser une. Et ç'aurait été une faveur, il n'y a pas de doute. Il était exempt de cet élément de besoin qui rend quelques hommes et bon nombre de femmes peu attirants dans leurs désirs ; il était, en réalité, le désir à l'état pur, mais un désir qui n'était pas nécessairement actif, un désir qui pouvait s'éveiller à l'improviste, auprès de n'importe qui, un élan de hasard, un état naturel.

Nous l'aimions comme un phénomène, comme un modèle de l'homme idéal. Les hommes l'aimaient aussi et, chose curieuse, ils l'aimaient pour la même raison. Ils voulaient être ce modèle, avoir ce regard dur qui ne se fixe pas, cette assurance de la victoire facile. Ils auraient même applaudi, ou du moins pardonné, toute infidélité, toute indiscrétion réelle de sa part. Mais à ma connaissance il n'a jamais été infidèle ni indiscret. Il incarnait plutôt la possibilité, je dirais même la promesse, de ce genre de choses. Il annonçait que le désordre ne le troublerait pas, que sa volonté serait servie. Il rappelait à tous l'injustice de la vie et les excitait en leur faisant croire qu'ils pouvaient, s'ils le voulaient, participer à cette injustice, toujours réservée aux être beaux, forts, dominateurs, sains, décidés, qui laissent les humbles hériter la terre ou plutôt vivre de la promesse de cet héritage. Nick, ou son apparence, persuadait les autres que l'injustice est au cœur de chaque système, que le fils prodigue, malgré sa conduite déplorable et son histoire peu édifiante, a été reçu dans les bras de son père simplement parce qu'il était revenu, parce qu'il y avait eu un tel vide durant son absence.

Nous éprouvions tous un peu ce même sentiment pour Nick. Ses apparitions impromptues, toujours précipitées, toujours inachevées, nous rendaient conscients de l'ennui qui les avait précédées. Quand il quittait la bibliothèque, nous rangions son désordre, nous montions ses piles de photos dans son bureau, nous ne lui rappelions jamais qu'il était toujours en retard pour rendre le matériel que parfois d'autres lecteurs attendaient ; nous notions des messages pour lui, nous fabriquions des excuses pour lui et nous refusions en toutes circonstances de le critiquer. Nous le considérions comme une espèce protégée, un spécimen de la plus belle race d'être humain. Son aura était tellement intense que l'on n'établissait pas instantanément un lien avec les privilèges dont il jouissait sans aucun doute depuis sa naissance. Ses parents, sa vie familiale, son aspect, ses qualités morales, son histoire scolaire et universitaire, son activité professionnelle, tout était parfait, mais nous n'avons jamais pensé qu'il s'agissait là de causes. C'était au contraire des effets, qui lui donnaient certes confiance en lui, mais qui n'en étaient pas directement responsables. Qu'il porte toujours les vêtements qui convenaient, qu'il aille toujours chez le bon coiffeur, qu'il joue aux jeux à la mode, nous l'expliquions par la richesse de sa personnalité plutôt que par l'application éclairée des excellents préceptes reçus dès le début. Nous le considérions comme un meneur d'hommes né. Cependant son plus grand don, à notre avis, c'était un certain regard méditatif intermittent, comme s'il allait inviter l'un de nous, bien tranquilles à notre place ennuyeuse, à faire un bout de chemin avec lui. Il ne l'a jamais fait, bien sûr. Mais chacun de nous pensait que la possibilité était là. Chacun de nous — et chaque femme qu'il avait rencontrée, à l'exception d'Olivia — attendait avec la même intensité.

La première fois que je l'ai vu avec Alix, j'ai compris que nous avions attendu en vain. J'ai compris qu'il était tout simplement inaccessible. C'est-à-dire inaccessible pour quiconque n'était pas Alix ou son équivalent. Alix était le seul genre de femme qu'un homme du genre de Nick aurait choisi, et nous avons clairement compris qu'il n'existait qu'un exemple dans chaque catégorie : Nick et Alix. Nous avons clairement compris aussi qu'ils le savaient et l'admettaient eux-mêmes. C'est quand je les ai vus ensemble la toute première fois, heureux de leur complicité, de leur similitude physique, que j'ai mis fin à tout sentiment que j'avais pu éprouver pour Nick autre que celui que j'ai déjà décrit. À la place, je suis tombée amoureuse de tous les deux. Ça arrivait à tout le monde. Ils y étaient habitués.

La première impression qu'ils produisaient était celle d'un couple souverain, accordé dans tous les domaines. L'harmonie la plus évidente était physique. Ils respiraient la santé et l'exigence : on sentait qu'aucun pays lointain ne pouvait les intimider, qu'aucun imprévu ne pouvait les angoisser, qu'aucun instant n'oserait demeurer inaccompli. On sentait que le monde leur appartenait, le monde physique s'entend, parce qu'il avait été créé pour les divertir, et que s'ils désiraient la chaleur du soleil ils s'envoleraient tout naturellement pour l'Afrique au lieu de frissonner, de se plaindre et d'attendre l'été, comme nous tous. « Absolument tout m'intéresse. » J'allais m'habituer à cette expression d'Alix, et je ne lui posais pas de question : avec l'univers tout entier à sa disposition, comment pouvait-il en être autrement ? Alors que je pensais volontiers selon des références très immédiates — voisins, amis, collègues, file d'attente à l'arrêt d'autobus —, Alix et Nick comparaient des races, des cultures, des types ethniques. Ce qui m'impressionnait le plus, ce n'était pas leur largeur de vues, mais le fait que leur vie ne contenait rien de routinier, qu'ils étaient prêts à obéir à n'importe quelle sollicitation pourvu, naturellement, que ça les amuse, à accepter n'importe quelle invitation, aller n'importe où, faire n'importe quoi. Je les trouvais braves. Ils se trouvaient simplement pleins de bon sens.

Quand ils ont franchi la porte, cet après-midi-là, ils avaient l'air d'avancer tous les deux avec la même démarche confiante, sans hâte, et de regarder l'autre plutôt que ce qui les entourait, comme si ce qui les entourait pouvait attendre et n'était de toute façon pas assez important pour mériter leur attention. « Surpris ici riant d'une plaisanterie », comme disaient les légendes des photos dans les vieux numéros du *Tatler* que ma mère faisait passer à Nancy et qui sont sûrement encore quelque part dans le placard de la cuisine. La plaisanterie des Fraser était de la même variété supérieure et privée. Ce n'était pas une simple affaire d'hilarité, un accès d'amusement passager ; c'était plus exactement un terrain de connivence, la connaissance partagée de quelque joie à venir qu'ils désiraient garder pour eux. On pouvait facilement imaginer qu'ils déambulaient dans toutes les circonstances de la vie avec la même indifférence ; on pouvait les imaginer transplantés dans la civilisation la plus reculée, dans le climat le plus exotique et le moins connu, et ils se considéreraient encore comme d'une importance primordiale et immédiate.

J'exagère, bien sûr. Si j'avais réfléchi un seul instant, à l'occasion de cette première rencontre, je me serais dit qu'une vie enchantée ça n'existe pas, même si certaines apparences peuvent porter à le croire. Et j'ai toujours été sensible à de telles apparences. Un jour, j'ai suivi une fille dans la rue simplement parce qu'elle avait l'air tellement comblée par la chance que je ne pouvais pas me détacher d'elle. Outre sa jeunesse et sa beauté, elle avait une assurance pleine de promesses, comme si ses espérances avaient été si élevées, si naturellement élevées, qu'elle s'était imposé un niveau que d'autres seraient encouragés à atteindre. Elle semblait attendre tout ce qu'il y a de meilleur, et je me rappelle l'avoir regardée fixement comme si elle était descendue d'une autre planète. Dans ces choses-là, ça ne sert pas toujours d'être observateur. Parfois les scènes et les gens que l'on observe transmettent un message d'exclusion. Et pourtant la fascination de l'exemple parfait et rare persiste ; elle exige que l'on prenne la plume pour le traquer, l'étudier, le disséquer, le connaître, l'aimer. C'est ce que j'ai éprouvé en voyant pour la première fois Alix avec Nick. Je savais que je ne pourrais jamais apprendre assez sur eux, mais aussi que je risquais de ne jamais comprendre ce que j'apprendrais. C'est pour ça que je les ai observés avec un soin particulier.

Après cette première impression de perspectives royales, de parfait équilibre des forces, de satisfaction mutuelle, une autre impression est venue, aussi forte, et pour moi bien plus persuasive. J'ai perçu à un quelconque niveau de ma conscience qu'ils étaient impénétrables, que l'on ne pouvait pas les endommager, qu'ils ne s'effondreraient pas sous les chocs et ne se détérioreraient pas faute d'entretien. Ils ne pouvaient pas être blessés, sauf l'un par l'autre, et ils étaient si visiblement en accord qu'il n'y avait aucune division entre eux et donc aucune probabilité de blessure. Ils étaient alliés, partenaires, complices, se déplaçant à la même vitesse, aimant et détestant les mêmes choses, possédant les mêmes ressources. On pouvait, si l'on voulait, les traiter rudement (bien que ce fût inconcevable) ; on voulait en revanche qu'ils vous traitent avec ménagement, car il n'y avait aucun doute qu'ils étaient les plus forts. La seule chose à craindre de leur part était qu'ils puissent ne pas vous trouver assez drôle, qu'ils puissent s'ennuyer, qu'ils ne vous remarquent pas. L'idée m'est venue que les enfants risquaient d'éprouver ces sentiments devant des parents supérieurs, bien que cela ne me soit jamais arrivé avec les miens, qui étaient gentils et modestes, extrêmement attentifs l'un à l'autre. J'avais dû faire très attention à ne pas les blesser avec mes remarques acerbes habituelles et eux, bien sûr, ne m'avaient jamais blessée. Mais je n'avais jamais eu à me donner du mal pour leur plaire, pour les distraire ni pour les amuser ; et je crois que j'avais très envie d'utiliser mon ton acerbe, d'être turbulente, critique et amusante, même si c'était aux dépens des autres. À cette époque-là, ne pas avoir à me soucier des sentiments des autres si je ne le voulais pas, c'était pour moi la liberté. Je haïssais tout ce qui me rappelait que le monde était vieux et chancelant, que les êtres humains étaient vulnérables, que chacun était plus ou moins en train de mourir. Je vivais avec tout ça depuis trop longtemps.

J'avais besoin de savoir que tout le monde ne porte pas une blessure qui saigne par intermittence tout au long de la vie. J'avais besoin d'apprendre que la vie peut prendre la bonne vitesse pour propulser quelqu'un. J'avais besoin que des experts m'enseignent l'égotisme pur qui m'avait toujours échappé, car le peu que j'avais réussi à me constituer, et qui jusque-là n'était passé que dans mon écriture, était vite vaincu par la vue d'un tremblement, d'un regard de désarroi, de la *déception* qui semblaient me hanter, m'encombrer et même s'imposer à ma conscience quand je m'appliquais à construire mes réserves d'égoïsme. Il suffisait que je voie les cheveux secs et teints de Mrs. Halloran s'accumuler sur son peigne quand elle se préparait à sa visite du soir au Feathers, ou le docteur Simek boutonner au poignet ses vieux gants démodés, ou encore que je pense à Nancy quand elle me regarde avec ses yeux bleus, sévères mais confiants, pour que tout l'édifice s'écroule. Et ce phénomène se reproduisait, même si je me forçais à l'ignorer. Il faisait irruption sous forme d'images — ce qui est tout à fait à propos, je suppose, puisque je m'occupe toute la journée d'images — qui m'irritaient autant que si quelque chose avait obscurci mon champ de vision normal. Ces petites fugues sont extrêmement désordonnées et imprévisibles ; elles remontent d'une région que je ne peux pas contrôler et que je souhaiterais ardemment oublier. Parfois je vois, parfois j'entends des épisodes oubliés de ma vie réelle et j'essaie toujours de toutes mes forces de m'inventer une nouvelle vie pour pouvoir échapper à l'ancienne, bien que, en fait, cette ancienne vie que j'avais vécue jusque-là précairement et avec une résignation mêlée d'impatience ait été très facile. Elle avait été tellement facile qu'elle ne me satisfaisait pas. Je suppose que c'est pour cela que j'écris, afin de recomposer des événements, afin de les rendre plus saillants, plus drôles qu'ils ne l'étaient en réalité. Plus drôles, surtout. J'écris pour être dure. Je n'ai pas l'intention de ménager les sentiments, sauf les miens, naturellement.

J'ai donc été très ennuyée, le matin du jour où j'ai vu Alix Fraser pour la première fois — ce jour de voyage royal à travers la vie —, d'être hantée par le spectre du docteur Constantine. Le docteur Constantine était le médecin de ma mère, un petit homme sec avec une figure ridée comme une noix et des jambes en cerceau. Il avait davantage l'air d'un jockey que d'un médecin et son fort accent de Dublin renforçait cette impression. Je me demande si on le prenait au sérieux en tant que médecin ; il était trop timide, trop enclin aux mauvaises plaisanteries, dont certaines étaient inaudibles, pour impressionner par son savoir supérieur. Il ne pouvait guère faire plus pour ma mère que lui remonter le moral, ce qu'il a fait en venant la voir tous les samedis de sa vie. La visite se déroulait selon un modèle bien établi. Il restait exactement trois quarts d'heure, dégustant un verre de whisky que je lui versais sur un signe de tête de ma mère, et racontait à ma mère toutes les histoires du voisinage. Des détails sans importance : le jeune homme qu'il envisageait de prendre comme associé, le dernier bébé de la fille de sa réceptionniste, etc. Il prenait son pouls tout en bavardant et concluait en disant : « Ah, c'est très bien. » Elle disait : « Grâce à vous, docteur », et il rougissait ; elle ajoutait alors « et à ma chérie qui est là. » Nancy et moi l'attendions à la porte et il répétait : « Elle va très bien », mais il ne me regardait jamais dans les yeux. Et un jour... Un jour Nancy a téléphoné à la bibliothèque pour que je rentre immédiatement, et quand je suis arrivée ma mère avait une attaque et le docteur Constantine était recroquevillé sur le téléphone dans l'entrée, le visage rouge, tout son calme envolé. « Je vous en supplie, madame l'infirmière en chef, disait-il. Trouvez-moi un lit. Oh mon Dieu, je ne peux pas m'en occuper ici. » Il était désespéré, éperdu, ses petits yeux bruns cherchaient du secours en traversant mon visage sans le voir. Et pourtant il s'est occupé d'elle, parce qu'il n'y avait pas de lit à l'hôpital, et finalement elle est morte à la maison et il n'était pas là, et il m'a présenté des excuses. Il aurait pleuré si je n'avais pas été très polie, très cérémonieuse, et si je n'avais pas écourté ses excuses. Je n'éprouvais rien. En tout cas, j'éprouvais moins que lui.

Il n'était pas là. Mais moi si.

Alors le matin du jour où Alix est venue à la bibliothèque j'ai été très agacée d'avoir en tête l'image nette du docteur Constantine recroquevillé sur le téléphone, le visage rouge, ses petits yeux vides et désespérés, et d'entendre le son de sa voix. Suppliante. Vaincue.

J'ai vu aussi, sans pouvoir expliquer pourquoi, un coffret à cigarettes en bois de rose marqueté qui avait appartenu à mon père. Je jouais avec quand j'étais petite, pendant les longs après-midi silencieux où ma mère se reposait, et ce n'est qu'à présent que je remarque qu'il était très mal fait : le rebord était rêche et légèrement relevé alors qu'il aurait dû être doux comme de la soie.

Quand je suis de cette humeur, la compagne idéale

c'est Olivia, dont la force morale ne flanche jamais et auprès de qui je me ressaisis, peut-être en prévision du prochain choc, peut-être en attendant une idée pour écrire en rentrant le soir. Elle est mon unique critique. Mais je crois qu'elle condamne ma frivolité durement acquise.

Comme je l'ai dit, j'ai été intriguée, fascinée par l'harmonie grandiose entre Nick et sa femme. Ils sont entrés négligemment, ils riaient, très absorbés ; et d'emblée ils me sont apparus comme un seul et unique phénomène. Ensuite, j'ai compris que c'était vrai. Ce n'est que plus tard que j'ai vu Alix comme un individu séparé, et quand je me suis aperçue qu'elle avait sa propre personnalité, j'ai senti aussi que cette personnalité était non seulement antérieure à sa vie avec Nick mais en outre supérieure à celle-ci. Dans notre salle sombre et sérieuse comme une nursery pour grands enfants, nous buvions le café, Olivia et moi, dans de grosses tasses décorées avec à propos de dessins pour enfants. Les femmes se laissent souvent aller à ces élans domestiques là où elles travaillent, et décorent leur bureau de plantes en pot, de chaussures de rechange et de gilets en surnombre : miss Morpeth, qui m'a précédée, avait sa tasse et sa sous-tasse personnelles de porcelaine blanche et un portemanteau en velours matelassé. J'ai mis tous ces détails dans mon histoire, ce qu'Olivia a jugé d'assez mauvais goût. Comme nous sommes célibataires et sans enfants, Olivia et moi, et que nous vivons encore chez nos parents, nous n'allons pas jusqu'à créer un chez-nous en dehors de chez nous ; nous nous contentons de nos tasses avec un Mickey, par-dessus lesquelles nos yeux observent la bibliothèque et le regard de l'autre ; nous nous prévenons mutuellement d'un coup d'œil quand il nous semble qu'il va se passer quelque chose d'inhabituel ou d'inquiétant. C'est un de ces coups d'œil qui a soudé nos regards quand nous avons entendu le rire derrière la porte, qui annonçait notre rencontre avec Alix.

Elle n'était pas belle, mais elle dégageait une telle force qu'elle mobilisait toute l'attention. Elle était grande et blonde, les cheveux en désordre, avec des yeux gris plutôt petits qui disparaissaient quand sa bouche magnifique s'ouvrait pour un de ces rires que j'ai appris à si bien connaître. La bouche, dans tous ses détails, était ce qu'elle avait de plus remarquable : les longues lèvres fines, les dents sans défaut, la voix claire qui porte. Nous avons vu et nous avons compris la joie de Nick quand il l'a fait rire, qu'elle a renversé la tête, que sa bouche s'est ouverte et qu'il a été récompensé par le son : un rire de gorge assez contenu. L'éclat de ce visage rieur, avec ces cheveux en liberté et ces dents avides, c'était le complément exact du regard vagabond et sensuel de Nick, qui indique des réserves immenses d'appétit et de plaisir. On ne doutait pas un instant que ce serait un honneur d'attirer son attention.

Ils paraissaient unis physiquement en permanence ; il tenait sa main ou la prenait par l'épaule, cherchait son regard, qui soutenait le sien avec drôlerie, les sourcils levés. Il y avait entre eux un dialogue muet qu'ils supendaient occasionnellement pour chercher autour d'eux de nouveaux sujets d'intérêt ou d'amusement. Elle a regardé avec insistance d'abord Olivia, qui a rougi, puis moi, et j'ai été encouragée, si tôt dans nos relations, en remarquant les sourcils levés et le sourire. J'ai posé ma tasse et je me suis levée. Je me suis levée instinctivement, moitié prudente, moitié accueillante, totalement déférente.

« Nous étions en train de nous disputer », a-t-elle dit comme si elle me connaissait depuis des années, ou comme si toute formalité était pour elle une perte de temps. « Je trouve que ça m'irait mieux si je me relevais les cheveux, mais Nick est absolument contre. Qu'en pensez-vous ? »

Je ne savais pas trop quoi dire, mais je n'ai pas eu à répondre parce que Nick protestait déjà.

« Chérie, tu sais bien que je les aime comme ils sont. Ils étaient comme ça quand je t'ai rencontrée. Ne me dis pas que tu veux changer. »

Elle a ri : « J'en ai assez de cette coiffure. De toute façon, tu ne veux jamais rien changer. Tu vas voir. Non, tu parleras après. »

Et elle s'est défaite de son manteau de fourrure, qu'elle a jeté sur le dossier d'une chaise, bousculant une pile de photos, elle a planté son sac sur mon bureau, en a sorti une poignée de peignes et d'épingles et a entassé son abondante chevelure sur le sommet de sa tête. Quand les cheveux ont été suffisamment bien attachés, elle s'est tournée vers moi en attendant le verdict.

J'ai dit faiblement : « Je trouve que les deux vous vont très bien », mais ça n'a pas eu d'importance non plus parce qu'elle s'était déjà tournée vers Nick et posait, une main sur la hanche, relevant de l'autre les mèches qui s'échappaient sur sa nuque. Mrs. Halloran et le docteur Simek avaient interrompu leurs recherches et regardaient comme si on leur avait organisé un spectacle de cabaret.

Nick protesta encore. « Chérie, tu feras comme tu voudras, bien sûr, mais tu sais ce que j'en pense. Tu ne pourrais pas les laisser ? Rien que pour me faire plaisir ? »

Elle se regardait déjà dans une petite glace, tournant la tête à droite et à gauche pour juger de l'effet. J'essayais de faire comme si ces choses-là arrivaient communément dans les bibliothèques. Je pouvais sentir la désapprobation d'Olivia et j'ai su instinctivement que je voulais m'en désolidariser. J'étais surprise par le ton suppliant de Nick, mais j'ai pensé que ça faisait partie de quelque convention érotique, une idée qui a piqué ma curiosité.

Quand elle a eu fini son inspection, ce qui a pris assez longtemps, elle a fait « Mmm. » Puis elle s'est adressée à Nick : « Bon, je m'exercerai. Quant à toi, tu veux toujours qu'on t'obéisse, n'est-ce pas ? Chaque fois, en réalité », et elle riait en le menaçant du doigt, « Non ? Non ? » À ce moment-là le docteur Simek a serré les lèvres et son regard est retourné au dossier dans lequel il conserve ses notes. Mrs. Halloran a continué à regarder sans se décontenancer. Olivia a saisi une photo et s'est mise à la découper soigneusement avec une paire de ciseaux.

En faisant claquer le fermoir de son sac, Alix s'est tournée vers moi : « Laquelle êtes-vous ? »

J'ai dit : « Moi c'est Frances, et voici Olivia », mais elle ne l'a pas regardée et c'est là qu'elle m'a invitée à goûter ses fameux spaghettis, en ajoutant, inévitablement, qu'elle était sortie de son rang. J'ai pris mon agenda, mais elle a fait un geste pour le repousser. « Je ne sais jamais quel jour c'est. Venez demain. Chéri, nous faisons quelque chose demain ? »

Le docteur Simek a levé le nez et le visage de Nick a pris une expression de douleur excessive.

« Je sais, je sais, a-t-il dit. Nous devions avoir notre conversation, n'est-ce pas, Joseph ? Mais je pense qu'il vaudrait mieux que vous lisiez mon article d'abord, vous savez. Alors, que diriez-vous d'un jour de la semaine prochaine ? »

« J'ai... », a commencé le docteur Simek.

Mais il a été interrompu par Alix qui avait mis son manteau et voulait savoir où elle avait posé ses gants. Les avait-elle laissés au restaurant ? Dans ce cas il faudrait qu'il retourne les chercher.

« Mon mari est insupportable », a-t-elle confié à Mrs. Halloran qui, à ma grande surprise, l'a regardée sans ciller, m'empêchant d'approuver comme je l'aurais souhaité.

« Eh bien c'est ça », dit-elle quand les gants ont été trouvés. « À demain, donc. Nick vous dira comment venir. » Et immédiatement elle a reporté son attention sur Nick et l'a regardé dans les yeux, en l'éblouissant avec une lente naissance de sourire.

Après leur départ, il y a eu un grand silence. J'étais restée debout pendant tout ce temps, et tandis que je me rasseyais lentement je pouvais les entendre rire derrière la porte. Je l'ai même entendue dire : « Tu vois, ne me dis pas que je ne fais pas mon devoir. » Puis Nick a murmuré quelque chose et elle a répondu, sans modifier le ton habituel de sa voix sonore : « Oui, mais, chéri, quelle bande ! J'en fais des choses pour l'Angleterre. Tu m'as dit que cette fille s'appelle Frances ? On dirait que je l'ai invitée à dîner. L'autre, qu'est-ce qu'elle a ? » Puis sa voix s'est évanouie et quelques minutes après j'ai entendu la porte de la rue se refermer derrière eux. Olivia, qui n'avait pas quitté son travail des yeux pendant cet épisode, n'a rien dit. Sa rougeur du début avait disparu, elle était d'une pâleur saisissante.

« Mes enfants, a dit Mrs. Halloran après un silence si complet que nous entendions le bruit de la circulation de l'autre côté de la place, j'espère que vous avez bien vu. C'est comme ça qu'il faut traiter un homme, si un jour vous en trouvez un, ce dont je doute, dans cet endroit. Lui, vous ne l'aurez pas, c'est sûr. Elle le tient par la queue. »

Ça nous a ramenées à la réalité. Olivia, sans élever la

voix, a suggéré que Mrs. Halloran serait peut-être plus heureuse de travailler à la bibliothèque municipale de Westminster. Le docteur Leventhal est apparu à sa porte, les lunettes à la main, et a demandé si par hasard nous n'avions rien à faire. Dans ce cas, il y avait du classement à finir au sous-sol. Le docteur Simek, qui avait fermé les yeux pendant la dernière phrase de Mrs. Halloran, a succombé à une tentation manifestement coûteuse ; il a fixé une cigarette blonde dans son long fume-cigarette de vieil ambre à bague d'or, l'a allumée avec un briquet également ancien et a pris une grande bouffée. Mrs. Halloran, le visage marbré et maussade, regardait toujours droit devant elle, ses bagues d'onyx tambourinaient vigoureusement sur la table. Quand le docteur Simek s'est tourné vers elle avec sa courtoisie habituelle, elle a dit : « D'accord, d'accord, moi aussi j'ai du travail, vous savez ? »

« Mais oui, il y a du travail à faire, a gentiment observé Olivia. Nous avons déjà perdu assez de temps aujourd'hui. »

L'après-midi a fini par retourner à la normale et a repris son cours paisible. Il glissait progressivement sur le bord qui le relie à la journée et commençait à donner des signes de soir proche. Je travaillais à ce moment-là sur les autoportraits de Van Gogh, je m'en souviens, et j'essayais de mettre en ordre la série qu'il a peinte soit quand il était en train de devenir fou, soit quand il l'était déjà. Je le faisais très consciencieusement ; je repérais les extraits de lettre correspondants et je les tapais sur des morceaux de papier que je fixais sur les supports. J'essayais de m'intéresser à ce que je faisais avec un détachement efficace, mais à un certain moment j'ai pris conscience du petit œil bleu du peintre, rusé, qui me regardait dans son cadre écarlate. Je n'avais aucune sympathie pour lui. Au contraire, il m'inspirait une violente aversion, avec ses vêtements d'ouvrier et son chapeau de fourrure ridicule. Toute ma sympathie allait à son malheureux frère, qui essayait d'être un marchand de tableaux respectable à Paris et devait supporter les exigences de ce rustre. J'essaie de temps en temps de rendre un modeste hommage au bon sens. Nous, les rationalistes, il faut bien que nous nous manifestions.

J'ai offert du thé à tout le monde ce jour-là, car nous étions tous un peu troublés. Mais si les autres, pour diverses raisons, avaient hâte de se débarrasser de l'impression qu'avaient faite les Fraser, ce n'était pas mon cas. Je n'ai pas cessé d'y repenser. Et quand le soir j'ai accompagné Olivia à sa voiture, je ne me suis pas attardée. Je ne me suis pas arrêtée pour prendre un café comme d'habitude et je suis vite rentrée, à grandes enjambées, pleine d'enthousiasme. Après que Nancy eut fermé la porte derrière moi, comme elle le faisait toujours à moins que je ne lui dise que j'allais ressortir, j'ai reniflé l'air lourd et confiné de l'appartement, je me suis préparée à affronter le plateau rituel du repas rituel, je savais que tout ça était intolérable et je le tolérais parce que j'avais eu droit à une bouffée du monde extérieur. J'allais voir comment les autres, les gens libres, menaient leur vie, et je pourrais alors commencer la mienne.

CHAPITRE QUATRE

J'ai peu à peu pris l'habitude de dîner avec les Fraser. J'avais de la peine à croire à mon bonheur. J'étais stupéfaite de voir qu'Alix s'était apparemment prise d'amitié pour moi et que Nick acceptait sans commentaire ma présence chez eux. Tout simplement, son visage apparaissait à la porte de la bibliothèque vers six heures du soir, il faisait un signe de tête, je prenais mon sac et je le suivais, en sentant dans mon dos le regard inquisiteur de Mrs. Halloran. Tout en recherchant avidement leur compagnie, je ne pense pas que je m'imposais. Dans les premiers temps, je ne téléphonais jamais, sauf pour remercier, et ces conversations menaient à une nouvelle invitation, ou plutôt à l'hypothèse que je n'avais rien d'autre à faire. J'avais un peu honte de confesser mes soirées vides et je disais toujours que je devais écrire ; sur quoi Alix répliquait : « Ah bon, si ce n'est que ça, tu peux tout aussi bien venir ici. » Et naturellement j'y allais toujours. J'apaisais ma conscience en faisant quelques achats pour elle, et bien sûr j'insistais pour payer quand nous allions au restaurant.

Je crois qu'ils étaient tous les deux heureux que je m'intéresse autant au travail de Nick ; Nick pour des raisons évidentes, et Alix parce qu'elle en avait par-dessus la tête, qu'elle en éprouvait de l'orgueil mais aussi un certain ressentiment et se conduisait parfois comme si, quand il était vraiment occupé, il la trompait. J'ai vite découvert qu'elle avait la même attitude vis-à-vis de mon écriture, sans voir en quoi cela constituait une menace pour sa tranquillité d'esprit ; de toute façon, j'étais bien trop heureuse d'être soulagée du fardeau de ma solitude — cette solitude que représentait mon écriture — pour y persévérer. Et pourtant c'était une vieille habitude, à laquelle je retournais quand la solitude me reprenait, généralement tard le soir, quand je n'avais pas sommeil, et quand j'écrivais mon journal : à cette époque-là, j'avais tellement plus de choses à noter, toujours dans la perspective de mon vague roman. Mais j'ai découvert que ce roman qui devait en principe parler de la bibliothèque et de ses usagers, des gens bizarres que je décrivais si drôlement à ma mère, avait été balayé par la quantité extraordinaire de nouveaux matériaux que je semblais acquérir. Je notais tout, mais je ne voyais pas comment l'utiliser parce que tout paraissait lié aux Fraser ; alors comment aurais-je donc pu m'en servir ? Malgré tout, dans ces nuits silencieuses, quand l'appartement de Maida Vale était endormi depuis longtemps, mon stylo courait sur les pages, tirant sa vitesse et son acuité de l'urgence accrue que je ressentais à me fondre dans leur vie.

Comme je l'ai dit, Alix n'aimait pas que j'écrive. Elle y voyait un secret que je ne partageais pas avec elle. « Mais sur quoi écris-tu ? » me demandait-elle. Je ne pouvais pas le lui dire, non pas parce que j'étais gênée, mais parce que rien n'avait encore de forme précise. Je trouvais qu'il fallait que je le garde sous clef jusqu'à ce que ça se résolve, ce qui arriverait tôt ou tard ; j'étais superstitieuse et je ne voulais rien laisser échapper.

J'essayais de le lui expliquer, mais à l'évidence je n'arrivais pas à la convaincre et elle prenait cela comme une sorte de trahison. Elle appelait Nick : « Chéri, Fanny la Petite Orpheline me cache des choses. » « Oh, pauvre bébé », répondait une voix étouffée, venant généralement de sous la chemise propre que Nick enfilait avant que nous descendions tous au restaurant. « Viens lui demander de me raconter », criait Alix, et elle était presque sérieuse. Il arrivait dans le salon, la chemise ouverte sur sa poitrine nue, et il enfouissait son visage dans les cheveux d'Alix. « Voilà à qui il faut obéir », disait-il. Puis, s'adressant à moi : « Force-toi. Elle finit toujours par obtenir ce qu'elle veut. » Alors je me forçais, et avec un très léger sentiment de trahir quelqu'un (mais c'était tout de même mieux que ma solitude antérieure), je lui parlais des personnages — et dans mes histoires ils devenaient de vrais « personnages » — que j'avais l'intention de faire figurer dans mon roman. Je comprenais qu'en exagérant le grotesque de leur comportement je pouvais provoquer un rire momentané, mais en général ce que je lui racontais la laissait impassible. « Mmm, ça me paraît bien spécial. Je ne vois pas qui peut avoir envie de lire des histoires de fainéants pareils. » Elle lisait peu elle-même, bien que leur appartement soit toujours encombré de revues de luxe. Je vois encore Alix feuilleter dédaigneusement un magazine comme si elle refusait de croire qu'une femme puisse être mieux habillée ou plus séduisante qu'elle ; elle tenait ces femmes-là à bout de bras et les rejetait finalement pour se remettre du vernis à ongles ou essayer une fois de plus de perfectionner sa coiffure. Cela exigeait toujours la présence de Nick, ou son verdict définitif, et quand nous nous réunissions tous les trois autour de sa coiffeuse, en faisant des suggestions pour la convaincre ou pour la dissuader, la question de ce que j'écrivais passait tout naturellement au dernier plan. Au bout de quelque temps, quand je téléphonais, je ne me servais plus de l'excuse d'écrire, et je lui demandais plutôt si elle avait besoin que je lui apporte quelque chose.

Elle m'a dit un jour : « Si tu dois écrire, trouve quelque chose qui intéresse les autres. Ne t'imagine pas les intéresser à une bande de fous. » J'ai aussitôt tenu à me désolidariser de ces gens-là, malgré la présence angoissante de leurs fantômes. Elle a poursuivi : « C'est moi qui devrais écrire un roman. Si tu savais comment j'ai vécu avant d'être sortie de mon rang. » Et elle m'a parlé de son école en Suisse, des années passées à Paris quand elle pouvait disposer de son argent, et de la magnifique propriété en Jamaïque où elle retournait chaque hiver auprès d'un père aimant et séduisant, si heureux d'avoir à son bras une fille aussi éclatante. « On nous prenait pour des amoureux », répétait-elle, et elle ne s'est jamais vraiment consolée de sa mort ni de l'annonce de sa faillite imminente. « Pauvre papa. Il est mort juste à temps. » Mais elle ne pouvait pas supporter de penser au moment où la propriété avait dû être mise aux enchères. Bien qu'elle soit parvenue à sauver quelques meubles et à les transporter en Angleterre, elle avait horreur de les voir dans leur nouveau cadre.

J'examinais le mobilier avec un certain respect. Je ne sais pas exactement à quoi je m'étais attendue, mais sûrement pas à ces grands meubles solides de style édouardien, commodes et tables de noyer, fauteuils et canapés vert olive capitonnés, tous entassés dans les petites pièces d'une triste banalité de leur appartement de Chelsea. Si je ne pouvais pas admirer les meubles d'Alix, j'ai du moins saisi qu'ils étaient d'une lignée plus distinguée que les miens, et j'ai compris pourquoi les tapis à zigzag et les lampadaires en fer forgé de Maida Vale avaient provoqué son hilarité. La différence entre nous, c'était qu'elle restait attachée à ses souvenirs et leur permettait d'éclipser le présent, tandis que je m'efforçais de renier les miens et attendais impatiemment qu'ils me laissent tranquille. Je quitterais alors mon entourage comme un papillon sa chrysalide et je m'envolerais vers un avenir qui ne serait pas encombré par les reliques d'autrui. Alix, elle, luttait pour préserver un passé qui n'était pas seulement passé, mais en outre anachronique, puisqu'elle vivait désormais avec Nick. Parfois je sentais qu'elle mettait l'un et l'autre dans la balance, comme si..., comme s'ils l'avaient laissée tomber. J'avais du mal à le comprendre, tout en ne pouvant qu'admirer son exigence. Elle fermait les yeux à demi quand elle voyait les livres de Nick sur le bureau qui avait appartenu autrefois à son père, et elle gardait toujours les rideaux à moitié tirés parce qu'elle ne supportait pas le châssis métallique des fenêtres, ni la vue des maisons d'en face. Son salon était toujours dans la pénombre, ce qui paraissait approprié à sa nature féline. J'ai noté tout ça dans mon journal.

Les petits détails aussi. Que Mélanie, sa domestique noire, lavait et repassait sa chemise de nuit tous les matins. Que les boys versaient toujours de l'eau chaude dans les tasses délicates, puis les vidaient et les essuyaient soigneusement avant de servir le thé. Les superbes fruits tropicaux qu'ils mangeaient au petit déjeuner, sur la véranda. Pour essayer de la consoler j'ai dit : « On trouve des mangues chez Harrods », mais elle a pris un air dédaigneux. Alors je pouvais imaginer sa haine pour les rues froides et grises, son mépris pour les patients déprimés de Nick, et l'impatience de la fille du riche planteur de canne à sucre devant les jours incolores et ennuyeux qui se succédaient, avec seulement des gens incolores comme moi pour lui rendre visite. Ses amis aussi paraissaient l'avoir déçue, d'une manière indéfinissable. Et moi qui n'étais qu'une recrue récente je me sentais constamment mise à l'épreuve.

Mais j'étais nécessaire, à ma façon. J'étais un public et un admirateur ; j'atténuais un peu ses sentiments de frustration ; je partageais son estime pour sa propre supériorité ; et j'étais loyale, bien élevée, et totalement inconditionnelle. Pourtant, elle me trouvait ennuyeuse, intrinsèquement ennuyeuse, simplement parce que j'étais loyale, bien élevée et inconditionnellement admirative. Je savais qu'elle préférerait toujours des gens comme son amie Maria, qu'elle pouvait insulter et choquer, qu'elle calomniait et vexait, pour ensuite se faire traiter de la même manière par Maria. Cela lui procurait une sorte d'exaltation que je trouvais lassante. Elle nous recevait Nick et moi avec un compte rendu ulcéré de ce que Maria avait dit d'elle à une amie commune, une de ces amies auxquelles elle téléphonait tous les jours. « Je ne veux plus jamais revoir cette saleté », déclarait-elle, généralement les soirs où j'avais prévu de les emmener au restaurant. Alors Nick appelait Maria, la suppliait, et tendait le téléphone à Alix qui hurlait « espèce de sale vache », et après une riposte prolongée et accusatrice de Maria elle fermait les yeux, glissait dans son rire intérieur, secret et hédoniste. Nous allions finalement au restaurant, environ une heure et demie plus tard que d'habitude, et j'obtenais de payer l'addition.

Ce qui m'intéressait bien davantage, c'était leur intimité de couple marié, encore que je la trouvais répugnante. Je sentais que c'était là que ma compagnie leur était nécessaire ; ils m'exhibaient leur mariage, qu'ils ne partageaient que l'un avec l'autre. J'ai vite appris à conserver un sourire aimable qui n'engage à rien quand ils se regardaient dans les yeux ou même quand ils se caressaient ; je me sentais seule et tendue. J'étais là parce qu'un élément de ce mariage parfait était défectueux, parce qu'il fallait des démonstrations rituelles pour maintenir un niveau d'excitation qu'ils étaient trop suffisants, peut-être trop gâtés ou même trop paresseux pour entretenir eux-mêmes avec leur propre imagination. J'étais le mendiant à leur festin, je les fortifiais par ma seule présence dans leur certitude d'être plus riches que je ne l'étais. Ou ne pouvais rêver de l'être jamais.

Alix s'arrachait aux bras de Nick en riant, le laissant tout enfiévré, et me regardait en remarquant : « Elle rougit ! Nous l'avons choquée ! » Et je souriais aimablement, avec une prudente réserve ; elle se jetait dans un fauteuil, allumait une cigarette et disait à Nick : « Nous devons faire quelque chose pour elle. Chéri, tu dois connaître des hommes. Trouve-lui un homme, fais quelque chose. Tu ne peux pas trouver quelqu'un pour Fanny ? En restant ici elle va sécher sur pied. Elle va s'ennuyer. » Nick disait : « Je sais, je sais », avec son air faussement coupable, celui qu'il employait quand le docteur Simek l'interceptait, et je leur souriais, espérant, malgré ma résistance à cet étalage, qu'ils souhaitaient sincèrement que je partage une chose comme ils la partageaient et que je sois heureuse, espérant qu'ils s'arrangent pour faire de notre groupe de trois un groupe de quatre, qu'ils fassent en sorte qu'il y ait deux couples, et que nous soyons enfin égaux. Je faisais peu de cas de leur cruauté, que je voyais comme un dérivé de leur passion. Je connais ce genre d'euphorie, de folie, d'amour et d'insouciance. Et parce que je voulais la ressentir encore une fois pour mon propre compte, pas seulement l'observer, je devais leur faire confiance.

« Mais tout d'abord il faut s'occuper de ton allure », disait Alix, et cela signifiait qu'elle m'installait à sa coiffeuse, où elle m'appliquait des ombres à joues et à paupières, puis elle me tournait face à Nick pour me montrer. Il me récompensait de son regard dur et insistant qui colorait davantage mes joues. Mais quand Alix me tournait de nouveau face à la glace pour que je puisse m'examiner, j'étais horrifiée de voir mon visage brun et net si barbouillé ; je regardais balbutier mes nouvelles lèvres rouges légèrement de travers, je me demandais comment mes nouveaux yeux agrandis pouvaient exprimer un tel chagrin. Je suis devenue très ferme sur la question de mon apparence et chaque fois j'enlevais la couleur à grande eau ; quand je relevais la tête, le visage ruisselant, je voyais Nick appuyé au chambranle de la porte de la salle de bains, qui me regardait avec curiosité. Je le frôlais au passage et allais me coiffer dans la chambre, mais je trouvais Alix à sa coiffeuse tournant la tête de droite à gauche pour examiner sa nuque, fixant son chignon avec des épingles et des peignes, mettant ses boucles d'oreilles de perle et écrasant sa cigarette. J'étais totalement oubliée.

Ils étaient essentiellement amoureux, provocants, excitants, dégagés. C'était devenu une seconde nature, tout comme leurs satisfactions et leur ennui occasionnel. Comme il y avait longtemps que je m'étais donné le rôle d'observateur, en pensant toujours à mon journal, j'observais. Mais toujours avec de petits chocs, de plaisir ou de déception. J'observais leurs terrains de tolérance et d'intolérance, les faveurs qu'ils retiraient aussi brusquement qu'ils les accordaient. Je me surprenais à me battre pour attirer leur attention, leur bienveillance. Je savais que je pouvais perdre tout cela très facilement, simplement parce que j'étais si prévisible, si conséquente.

Si bourgeoise, dirait Alix, sans chercher à dissimuler que c'était pour elle la condamnation suprême. Pour ma part, je ne vois rien de mal aux manières de la vie bourgeoise. J'aime que l'on se conduise convenablement, que l'on soit courtois et que l'on ménage les autres. J'aime la vie rangée, la discrétion, l'honnêteté. Et pouvoir compter sur les gens. Et le sens de l'honneur. Mais je sais que tout ça n'a guère cours quand il s'agit d'amour et d'amitié, et qu'une impudeur attirante est un excellent passeport en société. Un bien meilleur placement, Alix en est convenue quand je lui en ai parlé une fois.

Ils avaient pourtant une sorte de respect pour moi, ou bien c'était de la tolérance, un goût acquis, une nouveauté. Ils m'avaient donné le rôle de l'apprentie, et à ce titre ils s'occupaient de moi. Par exemple, ils ne me laissaient jamais prendre un taxi quand nous quittions le restaurant ; ils insistaient toujours pour me raccompagner en voiture. Alix me questionnait continuellement sur mes histoires de cœur, mes revenus, mes envies, et je lui répondais en toute simplicité. Mais c'était avec un soulagement évident que je la voyais retourner aux insultes bruyantes qu'elle échangeait habituellement avec Maria. Maria, à sa façon, était un critique. Maria la stimulait. Et quand Alix avait une dispute pour l'occuper, une intrigue ou un projet, elle échappait à l'atmosphère d'ennui gris et froid à laquelle j'appartenais visiblement.

Ils sont vite devenus une drogue à laquelle je m'adonnais en sachant qu'elle était précaire, mais aussi plus féconde que ma vie ordinaire et rangée, avec ses préoccupations bourgeoises ; qu'elle offrait plus de relations, plus de distractions que je ne pouvais espérer en trouver par moi-même. Ça me rendait parfois un peu triste et des images resurgissaient, les images d'une résignation et d'une patience qui m'avaient toujours agacée. J'échangeais le poids de mes souvenirs, de Nancy, du docteur Constantine, du docteur Simek et de tous les autres médecins que je voyais chaque jour (je pensais au docteur Arrieta de Goya) contre la compagnie aventureuse des Fraser, faite d'imprévu et de fantaisie, pour leur fébrilité, leur cruauté et leur bonté. À la guerre comme à la guerre, disaient-ils. Je ne pouvais plus imaginer la vie sans eux.

Quant à Maria, je la trouvais étrangement reposante. Elle était aimable avec moi, d'une manière à la fois spontanée et parfaitement polie, et m'acceptait, toujours avec une poignée de main conventionnelle, avant de s'intéresser à Nick et à Alix avec laquelle elle partageait les plaisanteries méchantes et osées. Je la considérais comme un accessoire de leur vie qui ne m'offensait pas et qui ne m'intéressait même pas beaucoup. Je dînais tranquillement, livrant en imagination les Fraser à Maria ; leurs querelles et leurs agaceries faisaient rage autour de moi tandis que je prenais des forces pour une étude plus approfondie. Et naturellement je notais tout.

Le restaurant était toujours bondé, toujours bruyant et enfumé. Des voix montaient, on échangeait des plaisanteries d'une table à l'autre, les nouveaux arrivés étaient accueillis avec des moqueries ou des acclamations. Tout le monde se connaissait, au moins par ouï-dire. Il régnait une franchise indécente et j'ai vite connu les secrets de chaque couple, ou de chaque ménage à trois. Je les rejetais comme étrangers à mon enquête et ne relevais pas les commentaires provocateurs. J'étais un peu surprise par leur manque de discrétion et par les questions incessantes. Mais les autres avaient l'air de trouver ça normal et ça l'était peut-être. En tout cas, ils avaient l'air de s'amuser. Ces remarques avaient l'effet libérateur et troublant de ces groupes où l'on encourage les participants à se critiquer les uns les autres, ou à se confesser, et dont il paraît qu'ils donnent la force de vivre avec plus de réalisme. Il y avait là sans aucun doute une brutalité sous-jacente, mais, ce qui est étrange, aucune hostilité. On acceptait les personnes, on pardonnait les péchés et les crimes ou on les traitait avec indulgence, on comprenait les infidélités. Quelquefois, lorsque peu de gens venaient, la soirée était calme et j'étais étonnée de voir que la conversation languissait. Maria s'asseyait à notre table, Alix et elle échangeaient quelques remarques décousues en bâillant de temps en temps. Nick ne parlait jamais beaucoup après les premières effusions avec Maria. Elle, de son côté, le traitait avec énormément de considération, comme tout le monde d'ailleurs, et parlait de son travail avec respect. Mais ces soirées tranquilles étaient largement dépassées par les autres, bruyantes, où les rires fusaient, où les visages s'allumaient, et où l'on avait la sensation délicieuse que les masques étaient jetés, que la politesse était abandonnée. La connivence, la complicité, l'honneur dont on dit qu'on le trouve chez les voleurs, voilà ce qui me délivrait de ma rigidité et de ma timidité, car j'espérais devenir comme l'un de ces amis, mes nouveaux modèles.

Ces soirées me libéraient de celles que je passais autrefois avec Nancy qui me présentait le plateau en silence, avec qui je regardais parfois la télévision dans la cuisine. Ces soirées courtes, solitaires, où je me couchais généralement trop tôt et dormais beaucoup plus qu'il n'était nécessaire. Où le seul bruit était celui des grilles de l'ascenseur qui se fermaient, tout en bas, mais où aucun pas ne résonnait dans le corridor, où personne ne se présentait à notre porte. Nous n'avions pas de visites parce que l'ordre ancien était conservé. Et c'était de l'ordre ancien que j'avais été délivrée. J'étais assise dans ce restaurant enfumé, bruyant, reconnaissante, je ne dormais vraiment pas assez, et tout cela je le devais à Nick et Alix.

Qui, lorsqu'ils en avaient envie, me libéraient aussi des dimanches. Depuis toujours je redoutais le dimanche, un jour voué au silence, au « repos », aux longues promenades et aux visites à la National Gallery. Du vivant de ma mère, ce jour avait eu une certaine douceur. Nancy mettait sa robe bleu foncé et nous déjeunions toutes les trois dans la salle à manger, à la table seigneuriale. Les deux femmes se retiraient après le déjeuner, et le silence devenait encore plus dense, comme si toutes les pendules s'étaient arrêtées. Je me promenais pendant deux ou trois heures, jusqu'à l'heure du thé que Nancy apportait sur un de ses plateaux ; ma mère était un peu reposée après sa sieste, et c'est à ce moment-là que je lui lisais les pages auxquelles j'avais travaillé.

Mais récemment les dimanches étaient devenus une corvée. Je pouvais difficilement demander à Nancy de s'asseoir avec moi à cette table ; elle aurait trouvé inconvenant que je prenne les fonctions de ma mère, car elle me considère toujours comme une enfant. Alors, en général, je sors. Nancy ne sort que lorsque c'est indispensable, et je trouve que le dimanche elle doit avoir l'appartement pour elle toute seule. Parfois je vais chez ma tante Julia, la sœur de mon père, mais je ne tiens pas à le faire trop souvent parce qu'elle veut toujours discuter de valeurs boursières et que je ne peux vraiment pas m'intéresser suffisamment à l'argent pour boursicoter comme le fait Julia. Parfois, je vais chez des amis à la campagne, de très vieux amis, un couple que je commence à trouver un peu terne. Je les soupçonne d'éprouver le même sentiment pour moi. Le plus souvent je vais voir les Benedict, les parents d'Olivia. Ils ont toujours été extrêmement gentils et il faut croire que je me sens bien chez eux, quoique ce soit très différent de chez moi. La mère d'Olivia a été nommée pair du Royaume-Uni par Harold Wilson et ne parle que du parti travailliste. Le père d'Olivia est un homme affable mais réservé. Il est conseiller juridique. Le frère d'Olivia, David, est médecin, et c'est lui qui nous a procuré nos postes à la bibliothèque ; il est admis depuis toujours que David et moi nous marierons, et ma mère l'espérait beaucoup. Le déjeuner chez les Benedict est plein d'entrain et nous bavardons beaucoup ; nous terminons toujours par des noix du Brésil en quantité ; la cuisine est quelconque, ce qui m'étonne dans une famille juive. Mais j'ai plaisir à être chez eux et je les aime tous beaucoup ; seulement je sais qu'il faut les laisser entre eux l'après-midi, parce qu'ils sont très unis et ne se voient pas beaucoup pendant la semaine. Je vais donc à la National Gallery, au British Museum ou à la Tate Gallery. Quand je rentre chez moi à pied, il me semble qu'entre cinq et six heures c'est le moment le plus triste de la semaine.

C'est pour ça que me trouver emportée sur la route dans la voiture de Nick, avec Alix à l'arrière qui chante des chansons de corps de garde, est une nette amélioration. Le but est toujours de faire une bonne marche à pied, d'aller voir un ami ou de trouver un endroit agréable où prendre le thé, mais le hasard veut que nous restions toujours dans la voiture ; si nous en sortons, Alix trouve qu'il fait trop froid et la promenade ne se réalise jamais. Mais le safari-thé est devenu très amusant. Nous faisons semblant d'être des enquêteurs pour un guide hôtelier ou gastronomique, et après avoir mangé Alix insiste pour interviewer le gérant ou la gérante. Elle a le don de faire parler les gens ; pendant que nous retournons à la voiture elle nous répète les renseignements recueillis et nous fait rire avec ses commentaires. Mais parfois elle tombe soudain dans une humeur morose et reste silencieuse, au passage des faubourgs gris et ternes. Elle pense certainement aux dimanches de la Jamaïque, et nous rentrons à Londres. Je devine qu'ils veulent rester seuls et je les quitte. Mais j'ai déjà de quoi écrire davantage, et donc ça n'a pas d'importance. Personne ne dîne au restaurant le dimanche, et je passe la soirée seule.

Un dimanche redoutable c'est celui où, une fois par mois, je vais voir miss Morpeth, à qui j'ai succédé à la bibliothèque ; elle est maintenant à la retraite et vit dans un appartement très chauffé à Kensington. Le sort a voulu que je lui rende visite une fois par mois pour voir comment elle va. C'est le personnel de l'Institut, qui doit penser que je m'occupe très bien des vieilles personnes, qui m'a élue pour cette fonction. La décision a été prise mystérieusement, un après-midi où je m'étais absentée pour aller chez le dentiste, et quand le docteur Leventhal me l'a annoncée, j'étais tellement soulagée d'être revenue à mon bureau que j'ai accepté. Le malheur, c'est que ces visites ne font plaisir ni à moi ni à miss Morpeth, qui serait plus contente de recevoir le docteur Leventhal, et surtout Nick, dont elle raffole.

Miss Morpeth a l'aspect repoussant d'une femme âgée et sans attrait qui n'est pas en très bonne santé. Je l'entend boiter jusqu'à la porte et ouvrir les serrures et les verrous qu'elle juge essentiels pour sa sécurité. Je la suis dans le corridor en regardant son bas à varices, ses cheveux clairsemés, sa nuque jaune. Elle porte des jupes d'un vert triste avec des cardigans assortis, un collier d'ambre. À la main droite l'alliance de sa mère. Elle paraît être complètement hermétique aux préoccupations essentielles du monde vivant, et je crois qu'elle me déteste, pas seulement parce que je l'ai remplacée, mais parce que je suis jeune, parce que je marche sans souffrir, parce que mon corps ne m'humilie pas. Miss Morpeth est une femme qui a de la conscience, aussi essaie-t-elle de surmonter cette hostilité dont elle a honte. Chaque fois que je viens, elle prépare un thé pour enfants avec de très fines tartines beurrées et de la confiture, suivies d'un cake aux raisins. Tout est prêt sur une table roulante dans la cuisine et je n'ai qu'à la rouler dans le salon tandis que miss Morpeth soulève la théière d'une main précautionneuse — une main rouge avec des veines d'un bleu presque anatomique — et verse une eau qui a bouilli une ou deux fois, tant elle a hâte que je sois déjà repartie, dans la théière de porcelaine de sa mère.

Quand elle est bien installée dans son fauteuil et qu'elle m'a posé la question rituelle — « Préférez-vous d'abord le cake ou les tartines ? » —, que la question des tasses et des assiettes est réglée, et qu'enfin elle a allumé sa cigarette avec le briquet en or que nous lui avons tous offert pour son départ, nous abordons l'actualité. Là aussi il y a un rituel à observer. Elle m'interroge sur le nombre de visiteurs à la bibliothèque, sur l'arrivée de nouveaux documents dans les différentes sections, sur le docteur Leventhal, avec des questions précises sur sa compétence, car il n'était pas un de ses préférés, et finalement sur le sujet qui lui tient le plus à cœur : la carrière de Nick. Elle s'y intéresse avec passion et les visites de Nick étaient le grand moment de ses journées : elle abandonnait tout pour l'aider, se battait avec des dossiers de photos jusqu'à ce qu'il l'attrape fermement par les épaules, lui fasse faire demi-tour et la ramène à sa table. Il était très gentil avec elle, et avait invité Alix à la petite fête que nous lui avions offerte quand elle avait pris sa retraite. Je me souviens vaguement qu'il les avait présentées l'une à l'autre, mais c'était avant que je la connaisse vraiment. Je me rappelle que Nick lui avait dit : « Maintenant vous pouvez faire ce que vous voulez », et s'était éloigné pour aller offrir un verre de sherry à Alix. Ils lui avaient promis de lui rendre visite et avaient dit qu'ils espéraient la voir aussi souvent qu'elle pourrait les supporter, mais je ne pense pas qu'ils l'aient jamais fait. Et franchement, maintenant que je suis assise dans son salon étouffant, et que je mange le pain de misère, un pain que nous n'avons pas vraiment envie de partager, je comprends leur réticence à entrer dans cet autre royaume des ombres, et je la pardonne.

Le rituel se poursuit comme à l'accoutumée. Après lui avoir dit que Nick et Alix vont bien (en me sentant mal à l'aise, parce que si je trouve justifié mon intérêt pour eux je ne souhaite pas, en revanche, connaître le sien), je lui pose des questions sur son prochain voyage en Australie. Miss Morpeth a fait des projets raisonnables pour sa retraite en annonçant son intention de faire un long voyage pour aller voir sa nièce à Melbourne. Nous avons tous pensé que c'était une excellente idée puisqu'elle trouvait les hivers de plus en plus éprouvants et qu'elle avait parfois du mal à marcher sans canne. Au bout de quelque temps, le projet a mûri jusqu'au point de non-retour, et je discute avec miss Morpeth pour trouver le meilleur endroit où acheter des bagages légers, bien que je me demande comment elle peut porter quoi que ce soit. « J'ai l'intention, dit miss Morpeth avec l'air de quelqu'un qui obéit à une impulsion dangereuse, de prendre Nick au mot. Il m'a aimablement offert de me conduire à l'aéroport. » J'acquiesce : « Naturellement. Il en sera absolument ravi. »

Après cet échange, la visite est virtuellement terminée. Je pousse la table roulante dans la cuisine et j'insiste pour faire la vaisselle. Ça me prend bien moins de temps qu'il n'en faut à miss Morpeth pour essuyer les tasses maniérées et les suspendre à des crochets dans le placard de la cuisine. Elle ne me demande jamais comment je vais. Elle a été très bonne quand ma mère était malade, mais peut-être trouve-t-elle que je n'ai plus besoin de bonté. Peut-être m'en veut-elle bien plus que je ne le crois. Quand je me souviens qu'elle a horreur que je l'embrasse en partant, il est déjà trop tard et elle a reculé d'un air offensé. Comme un enfant, j'embrasse toujours tout le monde, ou je me laisse embrasser, et j'ai toujours un petit coup au cœur quand les visages se détournent. Enfin, je pars. Quelque chose me force à attendre derrière la porte pendant qu'elle actionne chaînes et verrous pour la nuit, puis je dévale l'escalier avec une énergie décuplée par la pensée de miss Morpeth qui s'apprête à accomplir son devoir dominical en écrivant à sa nièce. Quand je suppose qu'elle a mis la virgule après « Ma chère Angela », j'ai déjà descendu les quatre étages et je suis à mi-chemin de l'arrêt d'autobus.

Parce qu'à ce moment-là je suis lasse d'être serviable, d'être raisonnable, et je commence à être irritée de donner ainsi de mon temps. J'ai hâte de quitter miss Morpeth, j'ai même hâte d'être chez moi. Cette époque de l'année où les feuilles tombent en silence, où les jours diminuent, me rend toujours mélancolique. J'ai grande envie d'être avec les Fraser, mais je sais que c'est le moment où ils aiment être seuls et je ne téléphone jamais. La soirée finit par passer ; je regarde la télévision avec Nancy, ou bien j'écris. C'est difficile, parfois, de ne pas avoir de famille. Je me couche toujours tôt. Et je suis toujours prête pour le lundi matin, ce moment que les autres redoutent.

CHAPITRE CINQ

C'est ainsi que ma nouvelle vie a commencé et j'en étais enchantée. Il me semblait à l'époque (et l'impression demeure) que les Fraser me faisaient connaître, et même qu'ils provoquaient, une sorte d'éducation supérieure dont je ne pouvais que tirer profit. Je devins plus vive, plus drôle, plus divertissante. Je fis de la bibliothèque une espèce de feuilleton pour Alix, car Nick m'avait confié, un jour où nous roulions dans Sloane Street, qu'elle était parfois assez déprimée et que nous devions la distraire, prévenir ces crises où elle se rappelait la Jamaïque et son père, et où elle se désespérait à propos des fenêtres métalliques et de la cuisine exiguë de l'appartement de King's Road. Mais en même temps il me semblait que la dépression d'Alix était de celles, reconnaissables et tolérables, que Nick devait pouvoir traiter, en tant que médecin spécialiste. C'était essentiellement une dépression curable, une dépression qui pouvait disparaître devant la perspective de nouvelles séductions, de nouveaux divertissements, en un mot une dépression que j'étais tentée de qualifier d'ennui. Je connaissais assez le travail de l'Institut pour savoir que la véritable dépression, le personnage de la Mélancolie avec son livre déchiré, c'était tout à fait autre chose. Les gens réellement désespérés n'attendent pas de miracles, et ils ne parviennent pas non plus à rassembler l'énergie nécessaire pour les chercher.

En tout cas, je gardais tout pour moi, car je sus bien vite que je ne devais jamais critiquer. Pour des gens heureux qui ont réussi, Nick et Alix étaient incroyablement sensibles à la critique, et j'appris à ne pas la regarder de travers quand elle prétendait qu'elle était une déclassée ou quand elle se plaignait de Maria, ou même de Nick, qui consacrait beaucoup de temps à son travail, un temps dont elle pensait qu'il devait lui être entièrement soumis. Je vois maintenant qu'elle n'était pas seulement inquiète, mais même épouvantée par le manque de satisfaction continuelle dans sa vie. C'est pourquoi elle se raccrochait aux potins, aux intrigues, et quand rien ne se présentait, en général par l'intermédiaire de Maria, elle interrogeait des étrangers qu'elle trouvait intéressants et essayait de connaître leurs drames intimes. Nous avons eu plusieurs discussions à ce propos, parce que je maintenais que les drames, dans une vie, mettent du temps à mûrir, que chaque vie est par essence dramatique, mais qu'il faut un examen attentif pour percevoir de tels drames, qu'ils soient en train de se jouer ou que l'on en soit au triste dénouement. Mais elle m'assurait que j'avais tort ; elle disait que certaines vies sont plus intéressantes que d'autres et que l'on peut ne pas tenir compte de la plupart. Ce qu'elle voulait, c'était un drame qui dure jusqu'à ce qu'autre chose attire son attention, un drame qui remplisse un après-midi creux, ou une semaine, un mois tout au plus. Ses anecdotes étaient de nature violente ou sensationnelle, comme si tous les détails explicatifs avaient été supprimés. Je protestais : « Mais enfin, il n'est pas mort subitement », disais-je quand elle me parlait de son père ; ou bien, quand elle racontait le divorce de Maria : « Comment sais-tu qu'elle ne lui a plus jamais reparlé depuis ? » Elle me disait : « Tais-toi. Tu ne sais pas de quoi tu parles, Fanny. Tu ne sais pas ce qui fait fonctionner les gens. Comment le pourrais-tu, en travaillant dans un endroit pareil et en vivant dans cette morgue ? » Il n'y avait rien à répondre et je cessai bientôt de la contredire. Quand elle a prétendu avoir convaincu une femme de ne pas se suicider — une femme qu'elle avait rencontrée en larmes au supermarché — et qu'après avoir écouté ses conseils judicieux cette femme était rentrée chez elle transformée, je n'ai rien dit. Que pouvais-je dire ? Je ne doutais pas que son assurance et son entrain aient un effet tonique. Et en pensant à miss Morpeth je n'avais de mon côté, il est vrai, aucune victoire à mettre en balance.

J'appris donc à la distraire, car pendant une période où Nick fut très occupé et rentrait volontiers tard, j'avais pris l'habitude d'aller seule chez eux, le soir, en traversant le parc dans le joli crépuscule d'automne. Ces soirs-là, où je restais seule avec elle jusqu'à l'arrivée de Nick, je lui parlais des gens de la bibliothèque, j'en faisais des personnages, je les rendais plus truculents et plus extrêmes que je ne l'aurais fait si j'avais parlé à ma mère ou à Olivia. Comme j'étais décidée, dans ma nouvelle vie, à me débarrasser des ombres, leurs traits étaient très nets et je les trouvais bien plus amusants ainsi. Je faisais d'une pierre deux coups : je m'entraînais pour le travail de mon roman, et j'évitais qu'Alix parle d'argent, ce qui était pour elle une tentation lorsqu'elle était découragée et qu'elle comparait sa situation financière présente avec l'ancienne. Je ne voyais pas que les Fraser avaient jamais manqué d'argent, encore qu'ils paraissaient en dépenser effectivement beaucoup. Mais je voyais bien que son angoisse était réelle.

C'est dans ces moments-là qu'elle parlait de louer la

chambre d'amis, de préférence à moi. Cette idée me fascinait. Partir de Maida Vale serait un symbole ; cela signifierait une rupture complète avec l'ancien mode de vie sinistre. Je pourrais quitter les tapis à zigzag, les fauteuils de cuir qui craquent, les oiseaux de verre et de porcelaine, avec aussi peu de remords que si je ne les avais jamais vus ; ils reviendraient au locataire suivant, et ainsi je n'aurais pas de serrement de cœur en voyant l'appartement de mes parents démantelé. Je pourrais envoyer Nancy chez sa sœur à Cork, ce qui serait très bien car je dois avouer que je n'étais pas pressée de la voir décliner inévitablement. Elle avait été là au début de ma vie, je ne voulais pas assister à la fin de la sienne. Je n'avais besoin de rien emporter. Et chez les Fraser je ne serais jamais seule. Si je m'installais chez eux, je serais délivrée du silence des dimanches et des épouvantables jours fériés — Noël, Pâques — où je ne pouvais jamais, en aucun cas, trouver le moyen d'utiliser convenablement tout le temps dont je disposais.

Je pense toutefois que ce dilemme personnel, que j'appellerai le syndrome du jour férié et que je classerai avec le syndrome de la chambre d'hôtel deux-étoiles comme une affection à laquelle je suis particulièrement sujette, ne doit jamais être évoqué, même en plaisantant. On considère en général qu'il est indécent de se plaindre de la solitude et qu'il faut s'adresser à des Samaritains professionnels. Mes propres amitiés ont toujours été fortes, mais elles ne me satisfont plus. Je ne recherche pas les amis pour qu'ils me consolent : j'ai horreur de ça. Je suis toujours prête à écouter, et donc pas mal sollicitée, mais j'ai dû être paresseuse ces derniers temps. J'ai pris conscience d'un ennui, d'une impatience qu'aucune amitié ordinaire ne peut combler ; seulement une amitié extraordinaire. Je me suis probablement lassée de mon sort et j'ai voulu de toutes mes forces en changer. Alors j'écris, je fais beaucoup de longues promenades, je remue des idées, et quand j'ai de la chance celles-ci sortent avec le mordant que je voudrais trouver dans la vie réelle. Il se peut que ce soit précisément le but de l'exercice. Ça ne marche pas toujours à des moments comme le Vendredi saint ou dans des endroits comme un hôtel inconnu. Alors le besoin d'une présence, n'importe laquelle, devient énorme, et je me dis qu'il serait peut-être plus raisonnable de me préparer à de telles éventualités en acceptant une proposition comme celle d'Alix.

La seule chose qui me faisait hésiter avant de m'engager définitivement, c'était l'idée de mon roman qui attendait d'être écrit. Je savais que je devrais payer la compagnie d'Alix et Nick en renonçant à tout mon temps libre ; je savais qu'Alix trouverait suspect que je ne sois pas constamment avec eux, et que Nick me jugerait désinvolte si je laissais Alix seule un soir où il risquait de rentrer tard. Autrement dit, si je devais me considérer comme un écrivain, l'appartement confortable et silencieux de Maida Vale, avec Nancy à la cuisine, était le lieu idéal pour moi. Elle ne me pesait pas vraiment et je ne lui pesais pas non plus ; nous mangions les mêmes choses, nous connaissions nos habitudes et nos allées et venues, nous étions alliées par les mêmes souvenirs et les mêmes relations. À Noël, une période où nous étions toutes les deux un peu délaissées, je savais qu'elle serait désolée si elle devait dire à Sydney Goldsmith, qui venait toujours présenter ses vœux, qu'elle était renvoyée en Irlande. Une image surgissait dans ma tête : Sydney présentant sa superbe boîte de chocolats, Nancy en larmes, pressant sur sa bouche un mouchoir de dentelle de ma mère (car je lui avais donné la plupart de ses affaires). Je ne pouvais pas écarter complètement cette image, que j'avais moi-même construite. Ce n'est que bien plus tard que j'ai soudain compris que cette scène, si réelle pour moi, ne s'était pas encore produite. Peu m'importait que cet épisode, fabriqué à partir d'éléments observés à des moments différents (la boîte de chocolats venait de plusieurs occasions précédentes, les larmes d'une autre), ressemble à un souvenir alors qu'il n'était qu'une représentation. Que deux données de temps se soient rencontrées de cette façon, je l'acceptais comme parfaitement normal.

En outre, j'avais encore besoin de paix et de tranquillité pour quelque temps, car je venais de terminer une nouvelle — assez amusante, à propos des aventures consternantes du docteur Leventhal pendant une croisière en Grèce — et sur un coup de tête je l'avais envoyée à un célèbre magazine américain. J'avais besoin d'être seule, pas seulement quand elle me reviendrait, ce qui arriverait sûrement, mais aussi au cas où, on ne sait jamais, on m'encouragerait à en écrire une autre. Je devrais garder tout ça pour moi jusqu'à ce que je puisse montrer le magazine avec mon nom dessus, ce dont je rêvais, parce qu'en étant reconnue publiquement je serais autorisée à avoir un peu de liberté pour écrire. Je savais que les intentions et les ambitions ne me mèneraient à rien. Les Fraser ne comprenaient que le succès. Leurs sympathies allaient à ceux qui réussissent, pas aux perdants, aux riches plutôt qu'aux pauvres, aux gens heureux plutôt qu'aux malchanceux. Et en plus ils aimaient l'action, la vitesse, le plaisir ; je ne pouvais pas encore les leur donner. Je devais attendre mon heure.

Il ne semblait pas y avoir d'urgence. Alix aimait assez parler de l'éventualité de louer la chambre, pas nécessairement à moi mais à n'importe qui ; c'était même son exercice d'imagination préféré. Elle était très forte pour l'organisation pratique, et paraissait capable de régler les affaires désordonnées ou inachevées de n'importe qui, les contrats précédents, les projets futurs, avec une efficacité qui relevait du brio. Les décisions définitives étaient généralement remises en raison de l'arrivée de Nick et des discussions pour savoir où aller dîner, encore que comme nous allions généralement au même endroit ces discussions étaient à peu près aussi académiques que celles qui concernaient la location de la chambre. Mais il est parfois nécessaire d'entretenir les fantasmes des autres, ou même de se tenir tranquille quand ils les entretiennent eux-mêmes, et donc, d'habitude, je coupais le contact à ce moment-là en pensant qu'il ne fallait pas oublier de le rétablir quand on aurait vraiment besoin de moi.

Mais un soir, en arrivant à King's Road après ma promenade à travers le parc, j'ai trouvé Nick, déjà rentré, et avec lui le docteur Anstey, l'autre grand espoir, « la teigne », que le regard perspicace de Mrs. Halloran avait repéré. Je me souviens que c'était un lundi et que je n'avais pas vu les Fraser depuis la semaine d'avant. Je les ai trouvés tous les trois en grande conversation, assez surprise et pas très contente de cette intrusion dans notre intimité. Je connaissais le docteur Anstey pour l'avoir vu à la bibliothèque, mais nous n'avions guère eu l'occasion de nous dire plus que « Bonjour », car ses visites étaient aussi rapides, décidées et muettes que celles de Nick étaient charmantes, extravagantes et bavardes. Le docteur Anstey, qui aimait à tout aborder d'un point de vue pharmacologique, me paraissait anormalement secret en ce qui concernait son travail et je comparais son attitude à celle de Nick, qui était plein d'anecdotes, drôles pour la plupart. Cependant, tout au fond de moi, j'avais deviné que le docteur Anstey était extrêmement consciencieux, et que si quelqu'un était malade, peut-être même déprimé, il lui accorderait toute son attention, il le prendrait au sérieux et ne se considérerait pas seulement comme un… « soutien ». Non qu'il y ait du mal à ça, bien entendu.

Il m'a aussi frappée par une certaine cruauté, bien qu'il me soit difficile de dire pourquoi. Il était attirant, d'une manière qui ne m'attirait pas, et qui de toute façon pâlissait jusqu'à l'insignifiance à côté du charme souriant de Nick. Il était aussi blond que Nick, mais là s'arrêtait la ressemblance car les cheveux du docteur Anstey, qui paraissaient dorés par rapport à la couleur rougeâtre de son visage, étaient tirés et aplatis sur son grand crâne distingué. Je l'avais déjà remarqué, uniquement parce qu'il donnait l'impression générale d'être très grand et dégageait une certaine morgue ; il avait de l'allure, mais souriait peu et paraissait inapprochable. Il avait une façon de regarder les gens comme s'il exigeait un rapport complet sur l'avancement de leurs travaux et sur leurs diplômes ; je m'étais aperçue que je travaillais toujours davantage quand il était là. Il avait l'air d'un officier, en tout cas d'un meneur d'hommes… Son visage était fort mais beau, et tellement impassible qu'il était difficile de se souvenir des détails de ses traits. Les yeux étaient mi-clos, d'un bleu clair, et on aurait dit qu'il regardait les gens par en dessous. On remarquait ses mains, grandes et comme crispées par la colère. En pensant à lui je le voyais toujours arpenter la bibliothèque dans un long pardessus noir bien coupé ; apparemment il était toujours là avant que j'arrive, et il ne disait jamais rien.

Je les ai donc vus.

J'ai trouvé qu'ils avaient l'air animés et contents tous ensemble, et après ma première surprise j'ai réalisé qu'il était parfaitement naturel qu'il soit là ; après tout, Nick et lui étaient des collègues, même si leurs attitudes étaient très différentes. Sans son manteau, le docteur Anstey laissait voir qu'il portait un costume gris également bien coupé, une chemise blanche et une cravate bleue sévère, ce qui faisait ressortir de façon très agréable le pull-over et le col ouvert de Nick. Le visage du docteur Anstey était un peu échauffé ; sa voix, que je me rappelais à peine avoir entendue avant, était profonde et rauque, comme s'il s'en servait rarement.

Alix l'avait visiblement trouvé intéressant et, en experte qu'elle était, « l'encourageait à sortir de sa réserve », comme aurait dit ma mère. Cela m'intéressait particulièrement parce que lorsque j'essaie de le faire les résultats sont généralement désastreux ; personne ne me répond franchement, alors je m'obstine, comme un détective sans cœur dans une affaire de meurtre. Quand la réponse arrive, car elle finit toujours par arriver, je me mets à étudier le fond et la forme : je me penche sur le sous-entendu. À ce stade, bien sûr, j'ai tout le temps qu'il faut pour résoudre le problème, puisque le sujet s'est enfui aussi loin que possible... Mais Alix se débrouillait admirablement bien, sa voix haute mais amicale et sa position sociale justifiant toutes les questions. Elle était même parvenue à le faire parler de son divorce, alors que j'aurais pensé que c'était le dernier sujet qu'il voulait aborder ; cela expliquait peut-être la rougeur de son visage, sur lequel l'embarras se mêlait à un désir manifeste d'être agréable. J'ai soudain pensé qu'il avait peut-être été assez seul, que sa hauteur était une défense, et qu'il était aussi enchanté de voir violer son intimité que je l'avais été moi-même. En tout cas, il s'est montré coopératif au cours de l'enquête, comme dit la police.

Alix m'a fait un grand signe de la main et j'ai ôté mon

manteau. Je me suis assise tranquillement, consciente du fait que ma fonction avait été modifée par cette addition à notre groupe d'origine et prête à m'adapter à un nouveau statut. C'est que je connais les procédés : les invitations mirifiques à l'intimité, la chute instantanée des barrières qui s'effondrent. Je savais, je sais que c'est le seul moyen de faire sortir de leur boîte ceux qui se dominent trop. J'observais calmement, comme le plus ancien pensionnaire d'une prison ou d'une salle d'hôpital contemple les cérémonies d'initiation du dernier arrivant, impatient de féliciter la nouvelle recrue pour s'être comportée correctement, pour avoir fait ses preuves, pour avoir gagné le droit de vivre dedans. J'ai constaté également que pour ceux qui entreprennent l'initiation, c'est toujours la première rencontre qui détermine la transaction, et que ce sont toujours les barrières restantes — car il en reste toujours quelques-unes malgré le reconditionnement — qui déterminent l'issue du drame, autrement dit, la forme définitive du contrat. J'ai pensé avec un brin de mélancolie que ce drame ou ce contrat serait plus intéressant que celui que j'avais fourni, et pourtant je sentais que le docteur Anstey et moi avions beaucoup de choses en commun en matière de bonne conduite, de préjugés moraux et, dans l'ensemble, notre manque d'expérience des régions plus sauvages et plus intéressantes des rapports humains.

Alix riait doucement de le voir un peu gêné, et cela, bien entendu, le faisait se comporter avec plus d'audace qu'il ne l'aurait fait normalement. Je devinais qu'il cherchait à obtenir son approbation. Ce n'était pas un homme particulièrement drôle, je ne voyais donc pas en quoi il pouvait l'amuser. Mais il était séduisant. Même moi je pouvais m'en rendre compte. L'espace d'un instant, la romancière en moi a pris le dessus et j'ai bâti toute une histoire ; ensuite je me suis accusée des pires calculs — grossiers, louches, cyniques — et j'ai vite écarté ce fantasme.

Heureusement, car à ce moment-là Alix a ri et a dit : « Mais, mon cher James, vous ne pouvez pas vivre comme un moine ! C'est épouvantable ! Vous feriez mieux de vous entendre avec Fanny que voici. » Nick s'est approché, il riait aussi, et j'ai dû rire, le docteur Anstey aussi, et la vue de notre franche hilarité a provoqué chez Alix le petit rire de gorge étouffé qui indiquait un plaisir secret. Le docteur Anstey s'est levé, le sourire figé sur les lèvres.

« Voici notre orpheline, a dit Alix d'un air guindé en faisant un effort pour se contrôler, Fanny la Petite Orpheline.

— Je connais miss Hinton, naturellement, a dit le docteur Anstey, et nous nous sommes salués de la tête.

— Vous pouvez l'appeler Fanny, continuait Alix. C'est une jeune fille bien, comme aurait dit ma nurse. Et elle a des tas d'argent. »

Nick a eu un rire plaintif. Puis, sur le ton de la protestation : « Chérie, tu la fais rougir. » Et il m'a prise par l'épaule en me berçant. J'ai souri, en sentant le sang me monter aux joues. Je me suis dit que j'aurais dû y être habituée.

« Bien, a dit Alix, comment faut-il vous appeler ?

— Je m'appelle James », a répondu le docteur Anstey toujours debout. Je me souviens avoir remarqué qu'il était aussi grand que Nick, seulement un peu plus corpulent.

« Oh, James est bien trop vieux jeu. Je trouverai autre chose. Vous dînez avec nous, n'est-ce pas ? Ne faites pas attention à mes bêtises. Je n'ai que de bonnes intentions. »

Le docteur Anstey n'a hésité qu'un instant. J'ai compris qu'il envisageait de travailler tard ce soir-là puis qu'il y renonçait. « Ce sera avec plaisir, a-t-il dit. Mais me permettez-vous de téléphoner à ma mère ? »

Ils l'ont regardé avec stupéfaction.

« Pourquoi diable voulez-vous téléphoner à votre mère ?

— À vrai dire, elle m'attendait. » Ils le regardaient toujours sans comprendre.

« C'est que j'habite avec elle. Pas loin d'ici, d'ailleurs. Elle a une petite maison dans Markham Street. »

Alix était déjà repartie dans son rire, la tête en arrière, les yeux fermés, les dents éclatantes. Le spectacle de la vie rangée du docteur Anstey et de ses habitudes semblait avoir provoqué chez elle une gaieté qui chargeait la pièce d'énergie, une énergie qui frisait l'outrage. L'écrivain en moi a réapparu, écrivant ce scénario original, puis, une fois encore, je me suis ressaisie, et en me forçant à regarder au-dehors j'ai remarqué l'éclat du ciel, d'un indigo somptueux, derrière les rideaux, la chaleur du feu, le charme du décor, la bonne humeur à la disposition de qui voulait s'y joindre. Et je le faisais. Je veux dire que je le voulais. Pourquoi payer le prix d'être en dehors de tout ça ? J'ai décidé que je n'étais pas écrivain, j'ai écarté cette fiction qui était codée, je ne sais trop comment, dans ce que j'imaginais et par conséquent doublement honteuse. Je n'étais pas un écrivain : j'étais une criminelle déguisée en bibliothécaire.

Alors je me suis détendue, j'ai souri, et en regardant le docteur Anstey j'ai vu qu'il était embarrassé. J'ai décidé de l'aider.

J'ai dit : « Je m'appelle Frances. Mais je crois que je devrais vous appeler docteur Anstey. »

Il a souri aussi et m'a dit : « Il faut m'appeler James, bien sûr. J'ai souvent souhaité que vous le fassiez. »

Ainsi nous sommes devenus James et Frances. Nous avons tous dîné ensemble ce soir-là. James fut présenté aux habitués ; il parut comprendre immédiatement les règles. C'était, après tout, un homme très intelligent. Je l'ai beaucoup regardé. Je voyais qu'il était un peu raide, un peu choqué par l'exubérance de Maria, mais il fallait s'y attendre. J'ai vu qu'il était captivé par la nouveauté absolue de cette soirée, par les possibilités qui s'ouvraient à lui grâce à ces nouveaux amis. J'ai beaucoup observé ce soir-là. Observé les Fraser et leur amusement visible devant le succès de leur stratégie. Observé leurs têtes qui se rapprochaient, leurs fronts qui se touchaient passagèrement, l'indolence avec laquelle ils se détachaient. Observé, avec une pointe de tristesse, James observant les Fraser. Il est vrai que le spectacle du bonheur de deux personnes est toujours un aimant pour ceux que personne ne réclame. Quand finalement je me suis souri à moi-même, j'ai baissé les yeux, j'ai bu mon café et quand j'ai levé les yeux, j'ai vu James qui m'observait.

« Où habitez-vous, Frances ? Un endroit sain, visiblement.

— Sain ?

— Vous respirez tellement la santé quand vous entrez en coup de vent le matin à la bibliothèque. »

J'ai ri. « C'est parce que j'y vais à pied. J'adore marcher. Mais ce n'est pas très loin. J'habite à Maida Vale. Et j'habitais avec *ma* mère, jusqu'à ce qu'elle meure. »

J'ai senti qu'il se détendait et ma légère tristesse est passée. « Moi aussi, j'aime marcher, a-t-il dit. Je marche beaucoup. » À cet instant nous nous faisions face et j'ai senti que Nick et Alix nous regardaient. Il a poursuivi :

« Il y a déjà quelque temps que vous êtes à la bibliothèque, n'est-ce pas ? Le travail vous plaît ? »

Alix est intervenue : « Mais vous ne connaissez pas son secret. En réalité, elle est écrivain. Elle écrit un roman. »

J'ai protesté, mais Nick a dit : « Ne sois pas sotte, Fanny. Raconte-lui tout. »

J'ai cédé, j'ai récité ma tirade, je l'ai rendue drôle, il a ri, Alix a demandé l'addition, m'a écartée d'un geste impérieux quand j'ai affirmé que c'était mon tour, et alors James, qu'en pensée j'appelais désormais James, a sorti son portefeuille avec une détermination assez impressionnante et a mis quatre billets de dix livres sur la table.

« Alors vous serez notre invité la prochaine fois, a dit Alix.

— Avec plaisir. Ç'a été tellement agréable. Puis-je vous offrir un verre quelque part ? »

Je pense qu'il en avait peut-être soudain assez de l'atmosphère de serre de cette intimité qui l'avait tant attiré au début de la soirée. Et ses jambes étaient si longues que c'était désagréable pour lui d'être assis à une petite table. Nous nous sommes donc retrouvés — c'était quelque peu incongru — dans le hall d'un très grand hôtel de Knightsbridge, assis autour d'une table au milieu d'une immense surface de moquette orange et marron à dessins géométriques. Il n'y avait en dehors de nous qu'une famille italienne qui bavardait dans un coin. L'enfant, une belle petite fille aux grands yeux trop fatigués, qui portait de petits anneaux aux oreilles, courait en rond, se fatiguait encore plus et s'arrêtait en route pour nous fixer. Alix a pris une olive dans une assiette sur la table et la lui a offerte. La fillette s'est caché la figure dans ses mains et a couru vers sa mère.

Je me souviens que l'on installait les décors de Noël, des arbres dorés en relief que l'on fixait aux faux pilastres.

J'ai fait remarquer à Alix : « C'est un peu tôt, non ? » Nous n'étions que la troisième semaine d'octobre.

« Mais non. On le fait toujours tôt. Les touristes étrangers aiment ça. De toute façon, ce n'est jamais trop tôt pour moi. J'adore Noël.

— Pas moi. »

James et moi avions parlé ensemble et nous nous sommes regardés avec surprise.

« Je passe généralement Noël avec ma mère, expliqua-t-il. Nous sommes tous les deux divorcés et nous redoutons cette fête.

— J'ai hâte que ça se termine », ai-je confessé. Je ne voulais pas entrer dans les détails et parler de Nancy et de notre petite fête triste. Le syndrome du jour de fête est une chose que l'on garde pour soi, me suis-je dit. J'étais stupéfaite et ravie de trouver un compagnon d'infortune.

« Mais cette année vous devez venir avec nous, a crié Alix. Généralement nous nous réunissons toute une bande. Vous connaissez pratiquement tout le monde déjà. C'est très sympathique. Et ça évite de faire la cuisine. » « Des spaghettis », a murmuré Nick, et il a eu droit à un regard menaçant.

James continuait : « Le lendemain est encore pire. » Il avait complètement perdu sa timidité première. « Le lendemain je dois faire une promenade de santé. Une grande promenade de santé. »

Alix a gémi : « Le lendemain, nous allons chez les parents de Nick. Ne m'en parlez pas. »

Nick a ri. « Chérie, ils t'adorent. »

Très intéressant, ai-je pensé. Ils l'adorent. À sa place, c'est moi qui les adorerais.

J'ai dit : « Je vais généralement chez les Benedict. Chez Olivia, de la bibliothèque. Ce sont ses parents.

Mais d'habitude ça se termine aussi par une promenade de santé. »

« Ce doit être délirant, a déclaré Alix. Qu'est-ce qu'elle a exactement, cette petite ? »

La question n'aurait pas dû me déranger, bien que peu de gens la posent. On prend l'infirmité d'Olivia comme une chose naturelle, ainsi qu'elle le fait elle-même. Elle a été blessée dans un accident de voiture quand elle avait à peu près seize ans. Elle a passé un an à l'hôpital et ensuite un an chez elle. Elle s'est bien remise, mais elle a une certaine difficulté à marcher, même si ça ne se remarque pas beaucoup puisqu'elle est toujours assise. Ce qui avait attiré le regard d'Alix, c'était sa minerve, ce collier rose et cruel sur lequel reposait difficilement sa jolie tête. Je me suis souvenue d'elle le fameux jour où Nick avait amené Alix à la bibliothèque et m'avait invitée à dîner. Olivia avait rougi d'être observée, puis elle était devenue blanche, quand elle avait dû assister au numéro de la coiffure. Elle avait pris une paire de ciseaux et s'était mise à découper une photo ; elle avait dû la lever assez haut pour bien la voir et ça aussi Alix l'avait remarqué.

J'ai revu aussi le visage parfait d'Olivia, un visage couleur d'olive pâle avec des yeux si noirs que l'iris et la pupille semblaient ne faire qu'un. J'ai vu les longs cheveux noirs ondulés séparés par le milieu et tombant sur ses épaules par-dessus la minerve. C'est ce visage ainsi que son bon sens et son équilibre impeccables qui me font littéralement oublier ses mouvements quand elle doit quitter sa chaise. Elle fait si bien son travail, elle est si naturellement cultivée que ça n'a aucune importance si elle ne peut pas circuler autour des tables ni porter les piles de photos. Je le fais à sa place. Tout se passe très bien et ce que j'ai en force physique elle l'a en force morale. Nous sommes de très bonnes amies.

Je la revois aussi les fameux dimanches, après le déjeuner et les noix du Brésil, quand sa mère, négligée, et son père, silencieux, tous deux plutôt vilains, l'assoient dans son fauteuil au salon et la contemplent avec un amour dépourvu de toute sensiblerie. Ils ont l'air plus impressionnés par sa beauté que par son infirmité, et comme ils ont toujours eu cette attitude, qui est parfaitement sincère, elle est singulièrement sans complexes. Je ne sais pas ce qu'elle ressent, car elle n'en parle jamais, et il y a longtemps que je ne remarque plus son physique. J'ai mis sa rougeur sur le compte de son amour pour Nick, et non de quoi que ce soit qu'Alix ait pu dire ou faire.

« Accident de la moelle épinière. Elle se débrouille très bien », a dit James, car je ne savais pas ce que je risquais de dire. Soudain le décor de cet hôtel avec sa moquette géométrique et ses arbres dorés m'a paru clinquant, un refuge pour des gens qui n'avaient aucune bonne raison d'être dehors. J'avais déjà trouvé un cadeau de Noël pour Olivia, une belle édition de *Ce que savait Maisie*, son roman préféré, et je pensais au sourire qui transformerait son petit visage quand je le lui donnerais.

Alix a commencé à s'agiter, un peu impatiente : « Il me semble que nous pouvons faire mieux que ça. » Nous nous sommes regardés, James et moi, et nous avons finalement souri. « J'en parlerai à Maria, a dit Alix. Et je vous tiendrai au courant. Laissez-moi faire. » Elle nous a regardés avec insistance et a ajouté : « Vous pourriez faire pire. »

Quand nous sommes sortis, il était près de minuit. La nuit était belle, froide et brumeuse, avec une lune jaune. J'étais fatiguée, mais pleine d'entrain ; j'avais passé une soirée tellement extraordinaire que je ne voulais pas qu'elle se termine. En fait, je voulais marcher un peu, mais une discussion était déjà entamée entre Alix et Nick pour décider qui déposer en premier. James, évidemment. Markham Street était plus près que Maida Vale. Quand Nick a ouvert la porte de la voiture, ça sentait la cigarette.

J'ai dit impulsivement : « J'aimerais que nous allions à pied.

— C'est possible, a répondu James. En tout cas pour nous. Je vous accompagne chez vous, Frances. »

Je me suis tournée vers Alix, puis vers Nick. Tous deux avaient l'air vaguement amusés.

« Je vois, a dit Alix, je vois. » Elle a ri et nous avons dû rire aussi. Et cette fois j'ai ri avec une joie et une surprise réelles. Car la seule chose à laquelle je ne m'attendais pas était de figurer dans le scénario. Je ne m'y attendais pas du tout.

Nous nous sommes séparés en nous promettant de nous téléphoner le lendemain et nos voix résonnaient dans la brume.

James et moi nous avons marché en silence jusqu'en haut de Sloane Street. Autour de nous, tout était tranquille, mais pas assez pour moi. L'air était très calme et on sentait une légère odeur de feuilles brûlées. Au bout d'un moment, j'ai dit :

« Nous pourrions peut-être traverser Hyde Park ?

— Bien sûr, c'était mon intention. Vous n'êtes pas fatiguée, j'espère. Pouvez-vous marcher jusque chez vous ? »

Je crois que ce fut la soirée la plus heureuse de ma vie. Nous marchions dans un silence complet dans le parc immobile et il me semblait qu'au lieu de toucher à sa fin l'année ne faisait que commencer. Les commencements sont si beaux. Alors que je suis naturellement pâle, je sentais le sang chauffer mes joues. Je n'en tirais aucune conclusion et je me fiais à mon instinct. Je n'étais pas en train de tomber amoureuse. Et il n'y avait aucune raison que cela m'arrive. Mais j'étais protégée, et c'était une chose que je ne me souvenais pas avoir jamais connue. J'étais importante pour quelqu'un, comme ça ne m'était pas arrivé depuis de longs mois de tristesse, et, tout au fond de mon cœur, depuis bien plus longtemps.

« C'est un couple remarquable, n'est-ce pas ? a-t-il demandé, dans le seul but de briser le silence.

— Remarquable. Des amis merveilleux. »

Et nous avons remonté Edgware Road, en passant devant les uniformes d'infirmières, les sex-shops, et la lueur indécise de la laverie. Il a demandé au bout d'un moment : « Vous n'êtes pas fatiguée, n'est-ce pas ? » J'ai secoué la tête. J'aurais pu continuer éternellement.

Quand nous sommes arrivés à ma porte, je lui ai demandé soudain : « Mais comment allez-vous rentrer ? Vous n'avez pas de voiture et on ne trouve jamais de taxis par ici.

— Je marcherai. Bonne nuit, Frances. À demain. »

Cette nuit-là, je n'ai pas pris la peine d'écrire.

CHAPITRE SIX

Et je n'ai pas écrit pendant plusieurs soirs qui ont suivi. Dans ma nouvelle sécurité, j'ai commencé à tout voir sous un autre jour. J'ai commencé à haïr l'excitation chimique intérieure qui me faisait ressasser les mots dans ma tête pour me préparer à les écrire sur le papier ; j'ai ressenti une aversion pour l'isolement prolongé qu'impose l'écriture, pour la claustration, la sensation d'exclusion. J'ai éprouvé un frisson de dégoût pour la vie différente que l'écriture est censée représenter. C'est alors que j'ai compris ce qu'était, ce qu'est vraiment pour moi cette histoire d'écriture. C'est la pénitence pour n'avoir pas de chance. C'est une tentative pour atteindre les autres et vous faire aimer d'eux. C'est votre protestation instinctive quand vous découvrez que vous n'avez pas de voix devant les tribunaux du monde et que personne ne vous défendra. Je donnerais toute ma production de mots, passée, présente et à venir, en échange d'un accès plus facile au monde, de la permission de déclarer « j'ai mal », ou « je hais » ou « je veux ». Ou simplement : « Et moi... ? » Et je n'en sors pas. Car une fois que l'on sait une chose, on ne peut plus jamais ne pas la savoir. On ne peut que l'oublier. Et écrire est l'ennemi de la négligence, de l'étourderie. Pour l'écrivain, il n'y a pas d'oubli. Rien qu'une mémoire sans fin.

De sorte que lorsque j'ai reçu une lettre de félicitation du prestigieux magazine américain et que j'ai appris que ma nouvelle à propos des aventures du docteur Leventhal en Grèce serait bientôt publiée, je n'ai pas éprouvé le désir de me mettre aussitôt à en écrire une autre. Au contraire. J'ai considéré mon succès comme la conclusion heureuse d'une carrière mal choisie et dangereuse qui impliquait un avenir d'effort et de solitude. Je pouvais désormais renoncer en beauté et ne plus jamais écrire.

Bien sûr, ça m'a fait plaisir, mais ce n'était pas capital. J'ai trouvé que je ne méritais pas cette récompense, parce que je ne voulais plus de ce genre de récompense. Mais Olivia a été contente, ne serait-ce que parce qu'elle prend les choses bien plus au sérieux que moi. Et James était ravi. Quand je le lui ai dit, son visage hautain et un peu chevalin s'est illuminé d'un sourire comme je n'en avais encore jamais vu. Ce sourire s'adressait au magazine, qu'il tenait en main, et j'ai su alors que je voulais que ce sourire ne s'adresse qu'à moi. Et moi... ? avais-je envie de dire, et moi... ? C'est là que j'ai compris ce que c'est qu'écrire.

J'ai téléphoné à Alix, bien entendu, parce que c'est le genre de choses dont elle raffole. Elle a poussé un cri et a dit : « Hé, hé, il faut fêter ça. » Je lui ai dit : « Je vous invite. » « Je l'espère bien, a-t-elle répondu. Dois-je demander à James de venir ? » À cet instant j'ai été prise de court car j'avais tellement pensé à James que cette petite fête ne m'aurait fait aucun plaisir s'il n'avait pas été là. Aussi ai-je décidé d'être tout à fait honnête, et j'ai dit à Alix : « Oh oui, s'il te plaît. Il vaut mieux être quatre que trois, tu ne trouves pas ? » Puis je me suis demandé si je l'avais offensée car il y a eu un bref silence, et elle a dit : « Moi, je trouve que c'est encore mieux d'être deux », et j'ai approuvé avec tant d'enthousiasme que je suis parvenue à me convaincre moi-même que nous parlions de la même chose. Peut-être ; je ne le saurai jamais.

Les commencements sont si beaux. Je n'étais pas amoureuse de James, mais désormais je me levais le matin pour autre chose que la routine qui allait finir par me transformer en une nouvelle miss Morpeth, encore que je n'avais pas de nièce en Australie pour égayer mes vieux jours. Je ne deviendrais pas non plus une Mrs. Halloran, encore énergique mais condamnée au désespoir. Pas de verres de gin pour moi, pas de bouteille cachée dans l'armoire d'une chambre d'hôtel de South Kensington, pas de soirées passées étendue sur le lit dans un peignoir trop juvénile et trop rose, à dresser des horoscopes condescendants pour ceux qui ont peur de l'avenir. Avec quelle reconnaissance j'accueillais la délivrance de la peur qui me possédait depuis aussi loin que remontaicnt mes souvenirs. Je respirais plus profondément, je dormais mieux, je mangeais avec plus d'appétit, libérée de ce poids. Les marmonnements et les traînements de pieds de Nancy cessèrent de me déranger car ils ne représentaient plus les ombres de la maison-prison. De fait, je me mis à l'aimer comme je l'avais aimée bien avant, quand j'étais petite et que je courais vers elle pour qu'elle m'embrasse et lui faisais des surprises. Je réalisais qu'elle aussi devait se sentir isolée, d'autant plus qu'elle était très timide et ne se faisait pas facilement des amis. En sortant en coup de vent un matin, j'ai parlé à Mr. Reardon, le portier, et nous avons convenu qu'il monterait à l'appartement pour prendre le thé après son service. Il pourrait rester une demi-heure avec Nancy et lui donner le journal du soir, qu'il achetait toujours à l'heure du déjeuner, pour les prévisions des courses. Ainsi, Nancy elle aussi s'est sentie un peu plus heureuse.

Je me sentais forte. Je me sentais énergique. Je me sentais… jeune. Je ne m'étais jamais sentie comme ça. J'avais toujours su que je devrais assumer les responsabilités que d'autres trouvent inacceptables. J'avais fait les chèques, payé les factures et les impôts quand j'étais encore adolescente ; c'était toujours moi qui appelais le médecin. Nancy me demandait de lui acheter une nouvelle robe ou un nouveau gilet. « Comme mon bleu, miss Fan. Celui que Madame aime. » Chaque fois que je la regardais, je revoyais un vêtement que j'avais acheté soit pour elle soit pour ma mère, et la tristesse de ces après-midi où, toute seule dans les grands magasins, je tripotais des chemises de nuit modestes, des bas opaques, des vêtements discrets et bienséants ; je les rapportais à la maison, dans ce calme de cloître, pour qu'elles les examinent. Elles aimaient ces moments-là. Mais je les haïssais. C'était une parodie de tous les achats agréables que je voulais faire. C'était un obstacle à mon envie de me plaire pour pouvoir plaire aux autres.

Je ne m'étais jamais trouvée intéressante à regarder, mais à présent je ne pouvais pas m'empêcher de remarquer que mes yeux étaient plus grands, que l'attente animait mon expression. J'ai commencé à m'étudier dans la glace. J'ai trié mes vêtements et j'ai mis de côté les affaires ternes et raisonnables. Je me suis débarrassée de mes grosses chaussures de marche et j'ai donné mon manteau bleu marine à Nancy. J'ai acheté deux pull-overs et un chemisier de laine, de couleurs claires et fraîches, bleu ciel et blanc. J'ai déterré une robe gris clair à grand col blanc et cravate noire que je ne portais plus depuis quelques années. Je l'avais pliée et mise de côté parce que je trouvais qu'elle était trop habillée pour mon genre de vie. Maintenant, en m'examinant avec davantage d'honnêteté, je trouvais qu'elle me faisait paraître intéressante, très, même. J'ai commencé à penser avec plaisir au moment de m'habiller pour la journée qui commençait.

Mon attitude en général semblait avoir changé dans le bon sens : moins sèche, plus réceptive. Je me suis sentie glisser dans un délicieux bain d'amabilité. J'ai trouvé des causes d'amusement dans la routine de la bibliothèque. Pas l'amusement organisé que j'avais tenté d'accumuler pour mes histoires, mais une originalité humaine et une fascination réelles. Je n'ai parlé à personne de ce changement en moi, du sentiment que j'avais que la vie s'ouvrait à ma curiosité et, plus encore, à ma participation. Il y avait trop longtemps que Mrs. Halloran ne m'attendait plus pour parler encore des apparitions fréquentes de Nick à la porte quand il venait me chercher le soir. Je l'avais déçue, je le sais, mais je ne voulais pas partager. C'était si nouveau pour moi d'avoir quelque chose, même si de son point de vue j'étais une privilégiée, à cause de mon appartement, de mon travail et de mon revenu régulier. Je ne pouvais pas lui dire que je commençais seulement à vivre, car si nous avions eu un jour une telle conversation, elle m'aurait regardée avec stupéfaction et m'aurait demandé ce qui m'en avait empêchée. Je ne pouvais pas lui dire que même dans la défaite — et c'était ainsi que je voyais ma vie passée — il y a des loyautés à respecter. Je sentais que cela n'aurait rien changé à son indifférence absolue à mon égard.

Olivia était contente, bien que je ne lui aie rien dit. Ça lui faisait plaisir de me voir heureuse, même si elle pouvait regretter quelque chose pour elle-même. Il fallait qu'elle oublie non seulement son amour pour Nick, mais aussi l'espoir, que nos mères avaient partagé en silence, que je pourrais épouser son frère David. Je crois que ma mère avait parlé à Olivia au moment où elle avait commencé à être gravement malade, mais Olivia qui est une personne d'une délicatesse parfaite n'y a jamais fait allusion. Cependant Olivia sait que ma mère l'aimait ; elle se rappelle sa main fine qui caressait ses cheveux splendides ; elle aussi connaît la loyauté. Et pourtant elle était heureuse pour moi.

Je voyais James tous les jours. Il s'attardait le matin dans la bibliothèque jusqu'à ce que j'arrive, et je nous préparais du café que nous buvions dans les tasses à Mickey. Et quand nous n'allions pas chez les Fraser, ou si nous ne les retrouvions pas au restaurant, il me raccompagnait le soir chez moi à pied. Cela m'ennuyait de ne pas pouvoir l'inviter et je lui ai expliqué qu'il fallait d'abord que Nancy se fasse à cette idée, mais il a dit « nous avons tout le temps », et il n'y avait aucune gêne sur ce plan. Les jours passaient vite entre nos rencontres du matin et nos longues promenades du retour. Je ne pense pas que quiconque ait remarqué quelque chose. James était bien plus réservé que moi, bien plus prudent. J'étais sur mes gardes parce que je ne pouvais pas croire à mon bonheur ; je savais que quand je le pourrais je deviendrais d'une exubérance extravagante. Mais il savait très bien se contrôler, ce qui devait correspondre à son attitude professionnelle ; en tout cas, ça allait très bien avec sa voix rauque dont il se servait peu, et avec son visage hautain et impassible. Je trouvais cette retenue très exaltante. Parce que je savais qu'il tenait à moi.

Nous étions très timides ensemble. Je ne lui ai jamais posé de questions sur son divorce, car je devais sentir qu'il voulait lui aussi tout recommencer à zéro. Nous étions si timides — impatients de nous revoir mais parfois à court de conversation — que nous faisions en sorte de sortir beaucoup avec les Fraser. Ces soirées au restaurant où j'avais le bras de James sur le dossier de ma chaise et où Maria était à notre table — nous étions ainsi cinq — m'étaient très chères. Alix et Nick se moquaient un peu de nous, mais nous apprenions à nous en accommoder, du moment que nous étions ensemble. « Maria, disait Alix, regarde un peu. Ne sont-ils pas charmants ? »

« Je ne... » Nous commencions simultanément, mais nous ne poursuivions jamais car James détestait ces allusions et moi je les trouvais assommantes. Mais à l'évidence nous avions été élevés par des parents de mentalités semblables. Ma mère m'avait toujours dit qu'il fallait ignorer les remarques blessantes à moins qu'il n'y aille de l'honneur de quelqu'un. Alors, chaque fois, je regardais James et je riais, et, pour tout dire, j'aimais ces moments de complicité autant que tout le reste.

Des secrets. Le droit d'avoir des secrets. Nous en avions très peu. Car bien qu'il m'ait dit que je le connaissais mieux que quiconque, je n'ai jamais eu vraiment l'impression de le connaître. Ce que nous avions en commun, c'était notre timidité, et c'est elle qu'Alix prenait à tort pour un manque d'expérience. À cause du lien que créait notre timidité, et parce qu'elle était renforcée par ces soirées bruyantes, les retours du restaurant devenaient plus importants, plus graves qu'un retour ordinaire du bureau à la fin d'une journée. C'est un de ces soirs que j'ai renoncé à toute prudence et que je l'ai invité à entrer, tout en sachant que Nancy, qui ressemblait à une taupe dans la robe de chambre de laine grattée que je lui avais achetée, arriverait inévitablement de la cuisine en traînant les pieds dès qu'elle entendrait deux bruits de pas (elle a l'oreille très fine) et qu'il faudrait faire les présentations. Mais même cela s'est bien passé, parce que James a trouvé qu'elle lui rappelait sa vieille gouvernante et qu'il lui a parlé très gentiment. Par la suite elle prit l'habitude de nous laisser des petits plateaux, des biscuits et du café dans un thermos, comme elle l'avait fait pour mes parents quand ils étaient beaucoup plus jeunes et qu'ils sortaient encore le soir. Et tout ça me devint une habitude très douce : la longue promenade du retour, dans le froid sec, les rues vides, l'arrivée silencieuse dans l'appartement pour ne pas réveiller Nancy (car il était parfois très tard), le moment où nous ôtions nos manteaux et nos gants, où il me serrait quelques secondes dans ses bras. Je me glissais dans la cuisine pour prendre les plateaux et James allait dans le salon allumer les lampes et l'horrible feu électrique avec de fausses bûches dans la cheminée entourée de carreaux roses décorés de martins-pêcheurs bleus. Nous traînions vers la chaleur deux poufs de cuir clair à pieds chantournés et nous buvions notre boisson d'enfants, puis je m'asseyais par terre à ses pieds et il m'entourait de son bras ; sa grande main autoritaire caressait mon visage et mes cheveux. Parfois nous parlions, parfois nous restions simplement là, silencieux. Je crois que nous étions tellement heureux que nous trouvions cela suffisant.

Même quand nous n'étions pas ensemble, je ne me sentais pas seule. Le dimanche, après le déjeuner chez les Benedict, j'allais à pied à la National Gallery ou à la Tate Gallery et je pensais à James, qui passait toujours ce moment-là avec sa mère. Je ne ressentais aucune urgence, aucune impatience, rien qu'une énergie bienfaisante et sans nuages. Je regardais les vitrines des boutiques de luxe et je me demandais si les choses exotiques que je voyais pouvaient contribuer à me mettre en valeur. C'était pure imagination puisque je n'avais aucune intention de les acheter. Mais c'était un exercice révélateur, car cela voulait dire que je me considérais comme digne de quelque chose, ce que je n'avais jamais fait jusque-là. La transformation de ma conscience était tellement ahurissante que je me penchais sur ma vie d'avant avec une sorte de pitié étonnée. Cette étroitesse, ces scrupules, cette enfance prolongée... Je commençais même, et c'était un grand précédent, à envisager de voyager, pour mon plaisir, sans lui. Je n'étais jamais allée en Grèce et j'ai pensé que maintenant c'était possible, bientôt. Et je savais que si j'y allais le voyage me plairait plus qu'aucun autre auparavant. Parce que je trouverais James à mon retour. Par sa seule existence il avait donné une valeur à mon avenir tout entier.

En marchant le long du Mall, tout gris maintenant, où les feuilles sèches couraient dans les caniveaux, je me répétais avec tendresse ce qu'il m'avait raconté. Il était né en Inde. Son père avait été diplomate et la famille avait vécu à l'étranger, dans différents postes, pendant quelques années. Il avait grandi au Brésil, en Égypte, avant d'être envoyé au collège en Angleterre. Cela me passionnait et me donnait envie d'élargir mon propre horizon. Je voulais l'imiter et me familiariser avec différents continents, avec des lieux exotiques. Cela lui conférait un cosmopolitisme prestigieux à mes yeux. Je pensais parfois qu'il devait me trouver morne et une fois je le lui ai avoué. Mais il a ri en disant : « Ma chère Frances, vous ne pourriez pas être morne même si vous essayiez », et il m'a embrassée. Pourtant je sentais chez lui une supériorité, une expérience masculine d'autant plus impressionnante qu'il ne faisait rien pour la mettre en avant. Et en même temps, devant tant de sujets de réflexion, je ne me sentais pas trop terne moi-même.

J'ai commencé à le voir comme un des êtres dont j'avais toujours voulu suivre la destinée. Être avec lui, tenir sa main, sentir ses longs doigts serrés autour des miens me faisait me sentir très humble, très heureuse, élue. Dans de tels moments, je regardais furtivement ses cheveux blonds, tirés avec rudesse, son nez d'aigle, et je me demandais ce qu'il pouvait me trouver. Je me disais que tout un monde de femmes, de jolies femmes, devait l'attendre. Quand j'y pensais, les battements de mon cœur devenaient un peu irréguliers et mon euphorie précédente se transformait en un étonnement dont l'anxiété n'était pas absente. Je sentais qu'il y avait un danger pour moi dans ses qualités mêmes. Et pourtant il paraissait parfaitement satisfait. Je crois en toute conscience qu'il était heureux lui aussi.

Alix, qui était terriblement intéressée par toute cette affaire, ne pouvait naturellement pas croire que nous en restions là. Je pouvais à peine le croire moi-même. Cela ne ressemblait à rien de ce que j'avais connu jusque-là. Mais j'aurais été incapable de le lui expliquer. Ou plutôt elle aurait été incapable de l'accepter. Peut-être étais-je simplement démunie, car soudain tous les mots, les scénarios, les échafaudages, les exagérations possibles semblaient m'avoir abandonnée. C'était le plus extraordinaire : j'étais sans mots. Mais Alix ne voyait pas que c'était précisément ça le plus extraordinaire. Moi oui, mais elle non. Elle imaginait que j'étais sournoise. « Chéri, criait-elle à Nick, elle me cache encore quelque chose. » Je riais, comme toujours, encore que je faisais des progrès tellement rapides dans la confiance en moi que je trouvais qu'il était temps qu'elle nous accepte, James et moi, comme un état de fait. Mais comme elle nous avait présentés, elle considérait qu'elle avait un droit de propriété sur ce domaine et elle l'exerçait souvent. Il y avait, je le percevais, un certain féodalisme dans son attitude ; non seulement elle usait d'une sorte de *droit de seigneur* sentimental, mais elle l'étendait à une suzeraineté perpétuelle. Une partie de moi faisait cette constatation, mais je ne pouvais rien y faire. J'avais perdu les mots avec lesquels j'aurais pu autrefois analyser la situation.

Au lieu de cela je m'écartais d'elle, consciente de la présence d'une affaire non réglée qui menaçait notre amitié, mais peu disposée à perdre du temps pour elle. J'avais des choses plus importantes à faire. J'avais James, l'œuvre de ma vie, à étudier. Il fallait que je découvre ce qui lui faisait plaisir, ce qui le faisait rire, ce qu'il aimait manger. Et je devais prendre mon temps. Tout cela exigeait infiniment de réflexion. Tout d'abord, je devais effacer toutes les informations anciennes, oublier que j'avais pu connaître... toute cette tristesse et ce gâchis. Il fallait être prudente. Je le savais. Je me revoyais livrée à mes anciennes interrogations impitoyables et je frissonnais. Cette fois je serais innocente, même si cela me tuait. Et je ne prendrais pas de notes. Enfin, pas beaucoup. Aussi peu que possible.

Aussi n'ai-je rien demandé, rien changé. Je ne racontais rien, mais j'étais aimable. J'essayais de conserver de l'ordre dans notre amitié. Nous continuions à dîner ensemble, au même endroit, parce qu'Alix le connaissait et l'aimait. Elle devenait distante et un peu maussade, peut-être à cause du temps de plus en plus froid. Un soir, je m'en souviens, elle m'a emmenée dans sa chambre et m'a dit tout à fait sérieusement : « Tu me caches quelque chose n'est-ce pas ? » Et je lui ai dit tout aussi sérieusement : « Non, Alix. » Elle a continué : « Tu veux dire... — elle tournait la tête à droite et à gauche et regardait son reflet dans la glace de sa coiffeuse, fixait ses perles à ses oreilles et lissait ses cheveux sur sa nuque — que James et toi vous n'avez pas une liaison passionnée ? Tu crois peut-être que je suis née d'hier. » Alors que cela me déplaisait de lui répondre, je lui ai dit que je ne lui cachais rien. Elle a eu un grognement dubitatif et à ce moment-là Nick est apparu à la porte, curieux de savoir ce qui nous retenait si longtemps. Il avait une expression malicieuse, mais aussi suppliante, et son regard s'est posé sur Alix qui en était au maquillage de ses lèvres. Celle à qui il faut obéir. Puis nous sommes retournés dans le salon, où la vue de James dans son long pardessus sévère m'a fait tressaillir de plaisir, et j'ai complètement oublié l'incident.

Rien ne pouvait gâcher ma joie. Même quand j'ai vu le magazine où il y avait ma nouvelle ouvert à la page du titre — « Le professeur Rosenbaum et l'oracle de Delphes » — et sur la page, qui visiblement n'avait pas été lue, une auréole brune comme si on avait posé une tasse de café, j'ai seulement dit en riant : « Tu n'as pas lu ma nouvelle. » Alix a tourné la tête, ses yeux gris étaient vagues et distants. « Oh, ça ? Non », puis les yeux toujours vagues : « Tu es très fâchée ? » J'ai ri de nouveau et j'ai dit que non, mais qu'il valait mieux qu'elle la lise parce que je n'écrirais plus. « Dans ce cas, a-t-elle dit, je ne vois pas pourquoi tu ne prendrais pas la chambre d'amis. »

Il y avait là quelque chose d'un peu gênant. Alix continuait à penser que j'avais dit que je ne pouvais pas m'installer chez eux parce que j'avais besoin de mon appartement pour y travailler. Maintenant que j'avais annoncé que je n'écrivais plus, elle refusait de voir pourquoi je ne pouvais pas prendre la chambre. Mais mon appartement m'était devenu très précieux et nos soirées tardives, silencieuses, que Nancy admettait, avec ses gâteaux et son café, m'étaient elles aussi devenues très chères. Et je savais que Nancy y tenait beaucoup car elle avait complètement cessé de se préoccuper de fermer la porte d'entrée, et donc, d'une manière symbolique, l'appartement avait changé, il était devenu chez moi, comme il ne l'avait encore jamais été. Elle me reconnaissait comme la maîtresse de maison et c'était encore un autre plaisir innocent, car je ne m'étais jamais considérée comme telle. En réalité, comme nous avions tellement de place et comme James en avait assez de vivre à Markham Street avec sa mère, qui était nettement moins accommodante en ce qui concernait ses sorties nocturnes, je me demandais dans quelle mesure je pouvais lui suggérer... Mais j'avais mis cette idée de côté parce que je savais qu'il risquait de trouver cela précipité. Cher James. Je le trouvais si risiblement bien élevé, si vertueux, et j'aimais ces qualités, car après ma longue claustration j'avais besoin de solidité dans ma vie. Autrement, la transformation aurait été un trop grand bouleversement. J'avais besoin, j'imagine, que la respectabilité, la tranquillité demeurent. J'avais besoin de voir le sourire de Nancy que je n'avais pas vu depuis très longtemps, et qui m'accueillait maintenant le matin quand nous nous croisions. J'avais besoin d'apprécier ses petites gâteries, les petits pains frais qu'elle me rapportait le dimanche après la messe, ou les puddings qu'elle avait recommencé à faire. J'avais besoin de mériter ces choses-là. Et je voulais en même temps être gâtée, à la manière dont je suppose que l'on gâte les jeunes femmes riches, ou favorisées par la chance. Je voulais être traitée comme... comme une fiancée, bien sûr.

Et pourtant je n'aimais pas James, pas au sens fatal du terme. C'était plus que cela. Il me soutenait. Je savais ce que sont l'amour et ses pièges. Comment ça commence bien, comment on commet des erreurs, comment, dans des moments de confidences ou de chagrin insupportable, on dit des choses que l'on ne peut jamais effacer. Comment survient la prudence, et que l'on se comporte alors avec une politesse amicale, brûlant du désir de renoncer à cette prudence, ne serait-ce que pour recommencer à dire des choses intolérables. Comment ces choses intolérables semblent contenir l'essence même de ce que l'on sait l'un de l'autre, de l'intimité. Comment la cruauté s'en mêle. Et la terreur. Le soupçon. Comment, une fois de plus, les règles de politesse que l'on s'est imposées interdisent de rechercher jamais l'information vitale. Comment il devient pire de ne pas savoir que de savoir. Comment on passe sa vie à chercher. Et comment on finit par trouver. Je savais tout cela. Je n'en parle jamais.

Mais James était mon ami et je tenais sa main avec autant de confiance qu'un enfant tient la main de son père. Je lui disais tout, car il aimait m'entendre, et il était lui-même si réservé que c'était pour lui un amusement et une distraction de m'écouter bavarder sans cesse. J'ai appris à le faire rire ; toutes les histoires drôles que j'avais gardées pour mon journal ou pour mes nouvelles, je les lui offrais à profusion, et en les racontant je les rendais plus chaleureuses, plus généreuses. Lui aussi savait des choses. Il semblait avoir d'Olivia une aussi bonne opinion que moi, ce qui me rendait très heureuse. Il m'a appris que le docteur Simek avait été à Prague un éminent spécialiste, professeur à l'Université, que sa fille était comédienne, mais qu'elle était entrée au Parti et qu'à présent elle ne lui écrivait plus. C'était le grand drame du docteur Simek, plus grave que son exil. Il m'a dit que Mrs. Halloran, elle aussi, avait été sur les planches, bien que d'une manière beaucoup plus tapageuse (je pense que j'aurais pu le deviner, et j'ai senti une petite pointe d'irritation à ne pas l'avoir fait), que le docteur Leventhal était le seul soutien de sa sœur, qui était veuve et avec laquelle il habitait. Je l'ai interrogé sur les recherches de Nick, mais il ne voulait pas parler boutique, et je ne lui ai jamais posé de questions sur les siennes. Je trouvais — et je sais que j'avais raison — que nous nous traitions comme nous aurions souhaité être traités. Il m'était toujours agréable.

Car je savais toujours quand j'allais le revoir. Il ne me faisait pas attendre. Il ne m'obligeait pas à me poser des questions ou à calculer. C'était tellement différent de l'autre fois, l'autre fois dont je ne parle jamais. Je peux seulement dire que tout ce qui s'était passé alors était miraculeusement inversé et que je me suis lancée dans cette aventure en toute confiance. La pire chose qu'un homme peut faire à une femme, c'est lui donner l'impression qu'elle n'est pas importante. James ne le faisait jamais. Toute cette fin d'automne exceptionnellement froide et sèche, qui favorisait nos promenades, fut pour moi une époque d'assurance, de confort et d'attente. Il n'y avait pas d'images dans ma tête. Je n'écrivais pas. J'étais heureuse.

Ce qui est curieux — mais ça ne l'est peut-être pas si on y réfléchit —, c'est que je ne demandais rien d'autre. Je ne pensais pas à passer au stade suivant, tellement celui-là me plaisait. Je savais qu'il me faudrait longtemps pour désapprendre mes leçons, pour laisser tomber mes défenses, pour trouver le moyen d'être insouciante et confiante. Je conservais mes vieilles habitudes ; je continuais à déjeuner avec Julia ou les Benedict le dimanche ; je faisais une expédition chez Harrods pour acheter une blouse dont Nancy avait vu une publicité dans mon journal du dimanche, et qu'elle voulait envoyer à sa sœur à Cork ; parce que je ne pouvais pas renoncer facilement à un mode de vie que je connaissais depuis tant d'années. Je savais que lorsque le moment viendrait il se produirait une sorte de transition, mais que même cette transition devrait être vécue avec précaution. Je ne voulais blesser personne — toujours ce vieux réflexe. Il ne faut déshériter personne. Si j'étais prudente, pensais-je, alors je mériterais tout mon bonheur. Quant à ce bonheur, tellement flou et pourtant tellement au point, je laisserais à James le soin de l'organiser.

Soudain il a fait beaucoup plus froid, et brutalement j'ai dû admettre que c'était l'hiver. Les Fraser recommençaient à parler de Noël. Je m'intéressais moins à leurs projets de réjouissances — je ne voulais pas trop y penser, car cela voulait dire que Nancy serait seule — et je me suis surtout occupée de trouver des cadeaux somptueux pour tout le monde. Je suis retournée faire des courses dans les grands magasins, mais cette fois pour voir des choses incroyablement chères et extravagantes : savons français, pots de Stilton, pull-overs de cachemire, pruneaux confits. Je ne les achetais pas, parce que je voulais faire durer le plaisir. Tous les jours, à l'heure du déjeuner, j'abandonnais Olivia et j'allais contempler les vitrines. Alors que j'étaits très économe, je me suis mise à vouloir dépenser le plus possible. J'étais dans un état d'euphorie qui excluait toute idée de prudence.

Le froid rendait nos promenades exaltantes. Nous marchions serrés l'un contre l'autre dans le silence étoilé, ma main dans la main de James, au fond de sa poche. Nous traversions le parc où plus personne ne s'attardait, personne en quête d'amour ou de quoi se payer à boire. Quand nous atteignions l'appartement, il faisait délicieusement tiède et sombre, et parfois je détestais l'idée de voir James ressortir et refaire tout le chemin à pied. Une ou deux fois, pour voir, je lui ai demandé de rester. Une ou deux fois, il a hésité, comme s'il attendait de se laisser convaincre. Mais cela n'aboutissait jamais et finalement j'en étais heureuse. Je trouvais qu'il ne fallait pas que ça arrive comme ça, tout en sachant que c'était possible. Je m'étais mis dans la tête l'idée enfantine que nous devions arriver à Noël dans cet état singulier d'innocence, d'attente sans faille, d'espérance heureuse. Je voulais que tout se passe comme il faut, que tout se passe bien. Et je ne sais pas pourquoi, dans cet appartement... Je voulais qu'il m'emmène ailleurs. Je voulais un hôtel, près d'un lac, dans les montagnes, où personne ne nous connaissait. Je voulais que nous soyons seuls. Je voulais même attendre jusqu'à ce que ce soit lui qui le propose.

Aussi, pendant tout ce temps, j'ai profité de tous les plaisirs que m'offrait cette situation indécise. Je me réjouissais de mon amitié avec les Fraser, d'autant plus qu'ils avaient cessé de me considérer officiellement comme un peu malheureuse, même si Alix m'appelait encore quelquefois Fanny la Petite Orpheline. Je me sentais bien, chez eux avec James. Et, naturellement, j'aimais être avec James. Il me semblait que cette joie ne pouvait qu'augmenter si les choses restaient en l'état encore un peu plus longtemps. Ensuite, je ferais tout ce que l'on me demanderait.

Un soir, au moment où nous nous apprêtions à quitter le restaurant, Alix a dit : « C'est ridicule. » Nick a renchéri : « Sérieusement, aucun être sensé ne reste dehors dans le froid comme vous le faites tous les deux. Vous êtes fous. » Alix a continué : « Qu'est-ce qui te fait penser qu'ils restent dehors ? Je ne l'ai pas cru un seul instant. » Il y a eu un curieux petit silence. Apparemment c'était à moi de faire ou de dire quelque chose, mais je ne parvenais pas à savoir quoi. Et d'ailleurs je ne voyais pas pourquoi il fallait que je le décide à ce moment-là et dans de telles circonstances. Alors j'ai simplement ri et j'ai dit : « Alix, pas de railleries », et c'est tombé un peu à plat. Elle m'a regardée : « Je pense honnêtement que tu exagères », puis elle s'est adressée à James : « Quant à vous, je commencerais à m'inquiéter si j'étais à sa place. » Il l'a regardée fixement et j'ai cru qu'il allait se fâcher, mais il ne le fait jamais, alors il ne l'a pas fait. L'incident était clos. James et moi nous nous sentions bizarrement coupables. Nous avions le sentiment de les avoir déçus, irrités ; de les avoir ennuyés ou plutôt de ne pas les avoir divertis ; et que c'était grave. Si bien que lorsqu'ils ont tenu à nous raccompagner en voiture ce soir-là, nous nous sommes regardés et nous avons dit que nous leur en serions extrêmement reconnaissants. Il faisait en effet assez froid. Alix a insisté pour me déposer en premier. Elle était assise à l'arrière, emmitouflée dans son manteau de fourrure, et je me suis rappelée combien l'hiver la faisait souffrir. Encore une fois elle m'a émue, et ça ne m'a pas dérangée de la voir se pelotonner contre James, qui était aussi à l'arrière. Je me suis assise devant avec Nick, prête à descendre la première. Je ne leur ai pas proposé de monter parce que je savais que le bruit de quatre personnes inquiéterait Nancy. J'ai embrassé James précipitamment et je l'ai regardé remonter dans la voiture, à côté d'Alix. Et je les ai regardés partir. Il me paraissait incroyable d'être seule, pour la première fois en près de trois semaines.

Alix m'a téléphoné le lendemain matin. Elle avait une voix beaucoup plus gaie que les jours précédents et elle ne s'est même pas plainte du froid. Je lui ai demandé quand nous nous verrions, je savais que le docteur Leventhal était entré dans la pièce derrière moi. « Oh, dès que possible », a-t-elle répondu. « Tout va être beaucoup plus facile maintenant. » « Plus facile ?

En quoi ? » « C'est-à-dire plus commode en tout cas. J'ai réussi à convaincre James de prendre la chambre d'amis. Comme ça nous pourrons tous nous voir davantage. »

CHAPITRE SEPT

J'ai craint que James ne veuille plus me raccompagner chez moi, mais en cela j'avais tort. Tout a continué comme avant. En tout cas pour moi.

En réalité, c'était mieux. Nous dînions toujours à quatre, ou parfois à cinq, quand Maria venait avec nous, mais James paraissait plus désireux d'être seul avec moi et nous avons commencé à partir plus tôt qu'avant ; nous nous attardions quelquefois au bord de la Serpentine dans le parc givré, avant de continuer vers Marble Arch et Edgware Road, jusque chez moi. Je commençais à regretter de ne pas avoir demandé à James d'habiter avec nous. Nancy se serait très bien occupée de lui. Je n'avais pas réalisé combien il était difficile pour lui de vivre avec sa mère, et je me sentais vaguement coupable, vaguement fautive de ne pas penser à lui à la manière protectrice d'Alix. Leur chambre d'amis était toute petite et je ne voyais pas comment il pourrait faire entrer tous ses grands vêtements austères dans cette armoire minuscule, mais j'ai pensé qu'il pouvait toujours aller à Markham Street pour déposer son linge ou changer de costume. Et j'imaginais que c'était plus drôle pour lui d'être avec les Fraser. Je me souvenais d'avoir moi-même souhaité habiter chez eux et d'avoir bien failli m'y installer pour de bon. Seule l'écriture m'avait arrêtée. Et ensuite James, bien entendu.

Je crois que c'est à ce moment-là qu'il s'est mis à m'aimer véritablement. Il souriait moins, me regardait d'un air presque irrité, n'était jamais disposé à repartir. Une fois j'ai insisté pour qu'il reste, ce que je n'aurais jamais fait si je n'avais pas senti qu'il y avait du changement dans l'air. « Il vaut mieux pas, a-t-il dit. Ils attendent toujours pour s'endormir. L'appartement est si petit que de toute façon ils m'entendent rentrer. Ça les dérange. » Cela m'a paru tellement stupide que je lui ai dit qu'il aurait aussi bien pu rester chez sa mère. Il m'a répondu : « Elle, elle attendait le lendemain matin pour me faire des remarques. Alix, au moins, elle dit tout de suite ce qu'elle a à dire. » Je me suis soudain demandé comment un homme aussi fort et sévère pouvait se laisser contrôler autant, par des femmes qui en fin de compte ne pouvaient pas avoir autant de droit que moi à ses égards. Sachant que j'avais ce droit, je n'en abusais jamais. Je ne voulais pas être de ces femmes futiles qui se plaignent en public pour des insignifiances. Je voulais qu'il se sente libre. Ainsi, quand son emploi du temps est devenu un peu irrégulier, quand il n'est plus arrivé le matin aussi tôt qu'avant à la bibliothèque, quand parfois, tout simplement, il me manquait, je ne disais rien. Je souriais quand je le revoyais et je ne disais rien. Je ne vois aucun avantage à obliger un homme à se sentir coupable. Bien que je croie que quelquefois ça marche.

C'est le matin qu'il a commencé à me manquer. Au lieu d'aller à la bibliothèque avec entrain, je m'inquiétais à l'idée que je pourrais ne pas le voir. Je les imaginais tous les trois en train de prendre leur petit déjeuner au saut du lit, dans cette sorte de laisser-aller délicieux que je n'ai jamais été capable d'instaurer. Je comprenais qu'il puisse ne pas vouloir rompre cette intimité nouvelle et stimulante pour prendre un café dans une tasse à Mickey avec quelqu'un que, de toute façon, il verrait probablement le soir. Je sentais si profondément qu'il était heureux de vivre avec Nick et Alix que j'avais une image d'eux qui me tracassait à double titre. En premier lieu, j'avais cru en avoir fini avec ce genre de projections qui ne m'avaient jamais réussi. Je vivais désormais dans le présent et il me plaisait. En second lieu, cette image, venue de quelque région souterraine de ma personnalité et de mon imagination, avait un aspect extrêmement dérangeant. Un air de complicité. Je les voyais ensemble en train de bavarder, de rire. Ce rire, particulièrement, m'effrayait. Je n'en trouvais pas la clef.

Comme pour chasser cette image, qui revenait sans cesse, je marchais plus vivement, je faisais mon travail à la bibliothèque plus énergiquement que jamais. Je faisais des préparatifs pour Noël avec autant d'enthousiasme que j'aurais souhaité en avoir. Si je ne voyais pas James le matin, je me disais que ma déception n'avait pas d'importance, ce qui était vrai puisque je le verrais certainement le soir même. Ce qui m'attristait un peu, c'était que les habitudes avaient légèrement changé. Je continuais à aller à Chelsea en traversant le parc dans le froid à la tombée du jour, mais c'était désormais pour trouver Nick, Alix et James tous ensemble quand j'arrivais, bien au chaud, et déjà en grande conversation. Parfois, je ne parvenais à saisir leurs allusions qu'à la moitié de la soirée, et je ne me détendais que lorsque nous étions seuls, James et moi ; mais il arrivait que ce soit si tard que la fatigue entamait un peu ma gaieté. Même seule avec lui, je me rendais compte que je ne pouvais pas toujours accorder mon humeur à la sienne. Il semblait avoir une sorte d'avance sur moi, il était plus animé, souriait en se rappelant quelque chose, et quand je lui demandais de quoi il s'agissait il me répondait : « Ce n'est rien. » Je me forçais à ne pas me sentir exclue, même quand je voyais parfois sur son visage un sourire secret, presque brutal, qui me faisait peur. Il me faisait peur parce qu'il semblait n'avoir rien à voir avec moi. Et parce que je n'avais aucune idée de ce qui avait pu le provoquer.

Heureusement je suis très forte et je ne laisse jamais rien paraître, de sorte que James ne remarquait rien. Mais de temps en temps je me sentais lasse et je regrettais notre ancienne simplicité instinctive. Je désirais aussi pour nous un certain bien-être, car tous ces arrangements commençaient soudain à m'apparaître comme des pis-aller, comme transitoires. Je commençais à comprendre pourquoi Nick et Alix se moquaient de nos longues promenades, pourquoi ils nous trouvaient si enfantins. C'était apparemment devenu une plaisanterie que tout le monde trouvait drôle, sauf moi. Alix ne pouvait naturellement y voir qu'une plaisanterie ; quant à Nick, qui n'était pas très intéressé par cette histoire, il levait de temps à autre les yeux au ciel d'un air consterné. Je suppose que la situation avait un aspect risible, mais je me suis aperçue que je ne pouvais plus la mettre en perspective. Ce qui me préoccupait, c'était de ne plus pouvoir la *décrire*. Ayant chassé la questionneuse impitoyable, la preneuse de notes que j'avais été, j'avais exclu la possibilité de dire tout simplement à James que je n'étais pas heureuse. Je n'avais littéralement pas voix au chapitre. Et dans ces moments-là je regardais les visages rieurs, en essayant de toutes mes forces d'en faire partie. J'ai traversé en riant des abîmes d'épouvante.

Quand je regardais James, je voyais un peu de la même anxiété. Il n'était pas aussi heureux qu'il l'avait été ; je le voyais. Mais nos regards étaient plus sérieux à présent ; chacun mesurait le malaise de l'autre. Parce que nous étions tellement semblables, accompagnés de fantômes graves, convenables, nous nous sentions entourés d'une atmosphère de mauvaise conduite dont nous ne pouvions pas nous dégager et qui avait ses charmes pervers. Je lui ai dit un jour : « Tu dois certainement être très mal dans cette chambre. » Mais il a ri en disant que ça l'amusait de camper pendant quelque temps. Ça le changeait de la chambre d'amis de sa mère, qui était rose et blanche et lui donnait la sensation d'être un éléphant dans un magasin de porcelaine. Et les Fraser, a-t-il ajouté, étaient follement drôles. En disant cela il a ri à leur seul souvenir. Je le comprenais puisque, après tout, j'avais connu la même sorte d'attachement violent. Je n'avais aucune raison au monde de reprocher à James cet enthousiasme et ce plaisir. Leur manière de vivre était une nouveauté pour lui, probablement aussi libératrice pour lui qu'elle l'avait été pour moi, et je devais simplement le laisser en profiter. Il n'y avait aucune raison que cela bouleverse nos plaisirs plus tranquilles, mais plus profonds.

J'avais mis mon point d'honneur à ne pas lui demander ce qu'ils se disaient quand ils étaient ensemble, sans moi. Je ne pouvais pas envisager de lui demander ce qu'ils faisaient, car avec cette image étrange en mémoire il m'était impossible de croire que ma question serait complètement innocente. J'ai appris à ne pas remarquer certains détails : qu'il étouffait un bâillement, qu'il restait en arrière avec Nick et Alix quand je m'étais déjà éloignée vers la porte du restaurant, que ses cheveux étaient plus longs, que ses mouchoirs n'étaient plus aussi immaculés que lorsqu'il habitait chez lui, et qu'il n'avait pas l'air d'être gêné par ces changements. J'ai appris à ne pas remarquer sa mauvaise humeur, que je n'avais jamais eu à remarquer avant, et j'ai pensé qu'il ne dormait peut-être pas assez, qu'il avait besoin de vacances, que j'en avais besoin moi aussi. Alors je lui en ai parlé et il m'a regardée avec une expression d'impatience, de plaisir et, m'a-t-il semblé, d'espoir. C'est à ce moment-là que j'ai décidé qu'il fallait que je m'arrange pour que nous partions quelque part tous les deux. Les projets de Noël sont devenus sans importance, sans intérêt. J'ai commencé à prévoir les vacances que nous prendrions immédiatement après.

Grâce à ce projet en tête, je suis devenue plus calme, et lui aussi, et même si l'idée était vague c'était aussi un signe, et elle nous a unis à nouveau. « N'en parle pas pour l'instant », lui ai-je dit. Et il a acquiescé d'un signe de tête. Cet étrange besoin de secret était un lien supplémentaire mais aussi il dérangeait nos projets. Nous ne pouvions rien faire d'un peu compliqué exigeant des billets, des visas ou des réservations d'hôtels, car tout cela pouvait facilement devenir public : quelqu'un surprendrait une conversation téléphonique, nous verrait vérifier des horaires, il faudrait fixer où et quand nous retrouver. Or il était essentiel pour nous deux de prétendre que rien de spécial ne se préparait, et de disparaître sans nous faire remarquer. Pendant ce temps, les autres bâilleraient, se plaindraient de s'ennuyer ou décideraient de se mettre au régime, en bref, feraient ce que font les gens après Noël. Nous irions quelque part où aucune raillerie ne nous atteindrait, loin de cette atmosphère surchargée et trépidante, si sévère pour notre innocence.

Alors j'ai demandé à Olivia si sa famille allait occuper leur maison du Kent pendant les vacances. Elle m'avait toujours dit que je pouvais y aller quand je voulais. En fait, je connais bien la maison car j'y passe d'habitude des week-ends l'été avec les Benedict. Cela m'a paru insolite de demander à Olivia si je pouvais y aller avec James. C'est comme ça qu'elle a su ce qui nous arrivait. Je ne pouvais pas mentir à Olivia.

Elle m'a regardée et m'a demandé : « C'est ce que tu veux ? »

Je l'ai regardée à mon tour et parce que je n'ai jamais pu mentir à Olivia j'ai répondu : « Je ne sais pas. »

Mon état de doute était étrange. Je savais que James m'aimait et pourtant je sentais qu'il était en danger. Ou que j'étais, moi, en danger. Ce n'était pas tout à fait clair pour moi. Je me sentais poussée sur une voie que je n'avais pas choisi de prendre, ou du moins pas avec tant de précipitation, tant de mystère. J'avais voulu la présence de mes amis pour soutenir mon bonheur radieux et mon nouvel avenir, mais ces amis étaient devenus des spectateurs qui en voulaient pour leur argent, qui faisaient valoir leur droit à se distraire. Et je ne voulais plus que l'on dispose de moi pour cette fonction précise.

J'ai peut-être été présomptueuse, mais il m'a semblé que si nous ne faisions pas la différence entre l'amour et l'amitié nous allions nous heurter à toutes sortes de difficultés. Il m'était désagréable de devoir encore rendre compte de mes mouvements et de mes raisons d'agir à Alix et Nick ; leur intérêt et leur curiosité, que j'avais tellement appréciés durant les premières semaines de notre relation, commençaient à ressembler à une obligation que je pouvais ne pas avoir envie de remplir. Je n'avais jamais vécu ce genre d'amitié, encore que j'avais remarqué que chez Alix elle était coutumière. Nick, pour des raisons quelconques, était moins impliqué ; il laissait la complexité des sentiments à sa femme, qui se prétendait grande experte en la matière.

C'était cette assurance, cette compétence qui la rendait si possessive. Je ne voyais pas comment lui montrer que certains de ces commentaires étaient exagérés, que ces questions étaient trop provocatrices, ou qu'en tout cas je pouvais ne pas vouloir y répondre. Je ne savais pas comment me dégager de l'intimité que j'avais trouvée si agréable quand elle avait proposé de me prendre en main. Je supposais qu'elle reconnaîtrait le produit mûr que j'étais soudain devenue et le traiterait en conséquence, mais c'était probablement manquer de réalisme.

Je voyais bien, naturellement, qu'elle pouvait être attirée par James, mais j'écartais la possibilité que cela puisse devenir un problème grave. Comme elle nous le répétait sans cesse, Alix était comblée dans sa vie conjugale, et de toute façon je ne voyais pas comment elle pouvait s'attendre à ce que je lui cède sur ce point. Il était vraisemblable qu'elle soit attirée par l'innocence de James, par le charme d'un homme qui ne s'est pas gaspillé. Mais moi qui connaissais la profondeur de cette innocence, et aussi sa force quand elle était partagée, je doutais qu'Alix soit capable de briser un lien qu'en réalité elle ne pouvait pas comprendre. C'était à cause de son désarroi réel et de notre ingénuité qu'elle posait tant de questions. Et comme elle n'obtenait pas de réponses, elle avait décidé, très logiquement, de recourir à des méthodes plus fines d'observation. Je savais cependant que notre simplicité lui échapperait toujours. Je savais que James et moi nous nous étions reconnu cette qualité, que c'était notre certitude commune, et qu'aussi longtemps que cela durerait nous serions à l'abri.

J'étais perplexe mais nullement désespérée. Si je voulais une preuve supplémentaire que James m'aimait, Alix me la fournissait.

C'est vers cette époque-là qu'Alix a commencé à me

téléphoner à la bibliothèque, ce qui était extrêmement problématique pour moi car je n'avais pas de poste personnel : je devais aller jusqu'au bureau du docteur Leventhal, rester debout devant sa table, comme en pénitence, tandis qu'il attendait que je reparte, avec une politesse pesante mais sarcastique. Au début, les appels étaient tout à fait anodins. Comment j'allais ? Elle se sentait particulièrement découragée, elle était glacée. L'hiver paraissait interminable et elle en avait assez de son appartement. Elle n'avait pas très envie de sortir ce soir-là ; est-ce que ça m'ennuyait si nous remettions notre dîner au vendredi ? Comme j'avais déjà décidé de ne rien laisser soupçonner de ma propre détresse, je répondais calmement que bien sûr c'était très bien et que je la verrais le vendredi. C'était le son inhabituel de sa voix, neutre et sans timbre, qui me poussait à répondre ainsi. Et c'est à ce moment-là que je me suis rendu compte qu'Alix n'était pas heureuse.

Nous étions très occupés à la bibliothèque vers cette époque-là et je n'avais donc pas trop de temps pour penser. Tout le monde avait un rhume ou une grippe, et même si Olivia et moi nous restions solides au bureau, notre travail n'était pas simplifié, du fait que le docteur Leventhal tenait à venir travailler malgré sa fièvre et n'était pas en état de faire grand-chose ; si bien que nous avions beaucoup plus de travail. Mrs. Halloran, le visage périodiquement empourpré par une toux rebelle, se réconfortait à l'heure du déjeuner plus qu'il n'était souhaitable, pour elle et, à vrai dire, pour la bibliothèque ; elle revenait à trois heures, tout à fait inapte à étudier davantage, mais encore capable de couvrir des feuillets entiers de sa grande écriture bleu roi. Les feuilles avaient tendance à s'envoler de la table sous les grands mouvements de ses manches chauve-souris ;

alors elle se baissait par terre pour les ramasser et une fois elle a eu du mal à se redresser. Heureusement le docteur Simek n'était pas là et je l'ai aidée à se remettre debout. Sur un signe de tête d'Olivia, je lui ai fait du café dans une de nos grandes tasses. Elle a dit à haute voix : « Merci, ma chérie. Je ne suis pas tout à fait dans mon assiette aujourd'hui. C'est le microbe, vous savez. Il y en a partout en ce moment.

— Vous devriez peut-être rentrer vite, a suggéré Olivia. Vous avez l'air un peu fatiguée

— D'accord, d'accord, miss Benedict. Je sais quand je suis fatiguée, merci beaucoup. Quelle insolence. On ne va pas me dire si je suis fatiguée ou pas. Je sais que vous voulez vous débarrasser de moi. » Elle criait. « J'ai des yeux pour voir, moi.

— Mrs. Halloran, ai-je dit, personne ne veut se débarrasser de vous. Mais il ne faut pas faire tant de bruit.

— Dieu du ciel, ce que je m'ennuie. » Elle parlait un peu moins fort. « Vous vous ennuyez, miss Benedict ? Vous vous ennuyez, miss Hinton ? Non, aucune raison, je suppose. Vous, vous avez de quoi vous tenir éveillées, n'est-ce pas ? »

Je n'ai rien répondu, et pourtant je pouvais voir dans ses yeux une lueur de désespoir. Elle aurait pu continuer si le docteur Leventhal n'était pas apparu à la porte avec un air las pour dire : « Miss Hinton, téléphone. »

Je suis allée dans son bureau et j'ai pris l'appareil. C'était Alix.

« Simple vérification. Il me semble que je ne t'ai pas vue depuis des siècles. Qu'est-ce qui se passe ?

— C'est un peu difficile en ce moment. Est-ce que je peux te rappeler de chez moi ? Nous sommes débordés et je ne peux pas parler maintenant. »

Il y a eu un silence et je l'entendais tirer sur sa cigarette.

« Tu sais, tu as changé. Qu'est-ce qui t'est arrivé ? Tu étais plus amusante avant. Plus disponible. Je sens qu'il y a une barrière ces jours-ci. Tu dis une chose et tu en penses une autre. » Elle a marqué encore un temps puis elle a déclaré : « Vraiment, c'est de la fausseté. »

J'ai dit lentement : « Alix, ça n'est pas ça du tout. Il n'y a rien à raconter. »

Elle a poursuivi sur un ton très raisonnable : « Eh bien, c'est comme tu voudras. Mais c'est un peu décevant, Fanny. J'avais des ambitions pour toi. Je pensais que tu pouvais vraiment devenir quelque chose. Et cette histoire avec James... Enfin, ça n'est pas très chic pour lui, si ? Tu penses un peu trop à toi, tu sais ? »

Il y a eu un bref silence, et une lente expiration de fumée, puis elle a murmuré : « ... Faire traîner les choses comme ça... »

Je n'ai pas répondu, tout en me demandant si elle avait raison. Le docteur Leventhal attendait manifestement que je m'en aille et que je me remette au travail, mais je n'ai rien trouvé d'autre à dire que : « Je te rappelle de chez moi. »

Soudain elle m'a demandé : « Tu l'aimes ? »

Instinct, méfiance ou prudence ou les trois ensemble ? J'ai répondu non.

Parce que je crois que c'était la vérité. L'assurance que mon plaisir grandirait pour devenir de l'amour s'était estompée. L'avenir facile que j'avais imaginé avait disparu pour laisser la place au besoin d'être compliquée, un rien sournoise, de faire semblant que tout allait bien, faire semblant avec James et, d'une manière légèrement différente, avec Alix. Je me disais que l'on n'aurait pas dû me mettre dans cette situation. On aurait dû me défendre. James aurait dû me défendre. Et puis j'ai pensé qu'elle avait peut-être raison, que je n'avais peut-être pas suffisamment tenu compte de lui dans l'histoire. Je ne savais vraiment pas ce qu'il voulait. Je n'avais pas assez d'expérience pour le deviner. Peut-être avais-je fait une erreur d'appréciation. Il faudrait y revenir après nos vacances ensemble, et je pourrais alors parler à Alix. Qui toutefois ne devait rien savoir de ces vacances jusqu'à ce que nous nous soyons retrouvés tous les deux en sécurité dans le Kent.

Quand je suis rentrée lentement dans la bibliothèque, j'ai vu le regard d'Olivia posé sur moi, un peu triste, je lui ai souri pour la rassurer et je me suis remise au travail.

Plus tard dans l'après-midi, Alix a retéléphoné, et cette fois elle était beaucoup plus gaie.

« Voilà, a-t-elle annoncé sans préambule. Jack et Barbara nous ont invités à déjeuner dimanche et j'ai pensé que nous pourrions y aller tous les quatre en voiture. C'est du côté de Bray. Ça ne serait pas mal d'y aller ; ça évitera de faire la cuisine. Et j'aurais bien besoin d'un peu de repos. »

M'apercevant avec horreur qu'Olivia pouvait m'entendre j'ai murmuré : « Je devais allez chez les Benedict.

— Mais enfin, Fanny. Tu peux te libérer, pour une fois. Ne sois pas asociale. C'est terriblement déplaisant. » Son hostilité soudaine m'a fait peur et j'ai cru nécessaire de la calmer : « Je viendrai, bien sûr.

— Très bien. Viens donc chez nous vers les onze heures. Comme ça, James pourra faire la grasse matinée. Il doit avoir les pieds dans un triste état.

— Nous pouvons décider vendredi. Je ne sais pas ce que James…

— Vendredi ? Oh, vendredi... C'est qu'en fait je ne suis pas très sûre pour vendredi. Nick risque de finir tard. Je t'appellerai. »

Ce soir-là, James m'a emmenée dîner, nous n'étions que tous les deux et mes craintes se sont apaisées quand il m'a raccompagnée à pied sans que ce soit notre promenade habituelle. Et il n'y a pas eu de plateau de café parce que Nancy ne nous attendait pas si tôt et regardait encore la télévision dans la cuisine. Nous lui avons dit, ou plutôt James lui a dit de ne pas se déranger parce qu'il devait partir immédiatement. Je lui ai demandé : « Vous rentrez à pied ? » et il a ri. « Pas ce soir », a-t-il répondu. J'ai ressenti une brusque tristesse en pensant que les vieilles habitudes étaient si légèrement abandonnées, puis je me suis reproché d'attacher trop d'importance aux signes extérieurs. Il a pris mon visage dans ses mains, peut-être m'avait-il vue changer d'expression, et il m'a dit : « Ne soyez pas triste, Frances. Douce, sérieuse Frances. Ma très chère petite fille », et ça m'a rendue un peu plus heureuse parce que j'ai compris qu'il ne m'en voulait de rien. Mais j'ai trouvé désagréable de me coucher si tôt et je n'ai pas bien dormi.

Le lendemain, à la bibliothèque, quand le téléphone a sonné, je me suis sentie paralysée par l'inquiétude, puis je me suis détendue en voyant que le docteur Leventhal n'apparaissait pas à la porte. Mais ma rémission a été de courte durée car il est entré quelques minutes plus tard et m'a dit : « Frances, je voudrais vous parler, s'il vous plaît. »

Je l'ai suivi en pensant avec terreur au jour où Nancy m'avait téléphoné pour me dire de rentrer et que je devrais appeler le médecin. Mon cœur battait si fort que lorsqu'il a dit : « Le docteur Simek vient de m'appeler », j'ai failli m'évanouir de reconnaissance, comme si je m'étais attendue à ce que le temps remonte en arrière et que mon assurance si durement gagnée m'abandonne. J'entendais à peine ce que le docteur Leventhal me disait, et il m'a regardée avec attention.

« Frances, vous vous sentez bien ? Il y a beaucoup de grippe en ce moment, vous savez. »

Je lui ai dit que j'allais tout à fait bien, mais je me sentais un peu chancelante.

« Je vous disais donc que le docteur Simek vient de m'appeler. Il est souffrant. La grippe, vous savez. Et le médecin lui a recommandé le repos. Mais il a laissé des notes ici et il a demandé si vous vouliez bien les lui apporter ce soir en sortant. Il a eu l'air de penser que vous savez ce dont il a besoin. Vous prendrez un taxi, naturellement. Je vous rembourserai sur la caisse. »

J'étais exaspérée par le docteur Simek, exaspérée à l'idée que je ne pourrais jamais éviter de rendre ce genre de services. Dans le taxi, ma tête grouillait d'images de plaisirs dont j'étais exclue : chaleur, intimité, amis, dîners en compagnie. Je n'avais rien à faire ce soir-là et cette visite ne me dérangeait donc pas vraiment. J'étais simplement dans un état de tension qui semblait ne pas devoir cesser.

Le docteur Simek habitait une vieille maison triste, en haut de quelques marches usées, quelque part à la limite de la banlieue sud-ouest. La porte s'est ouverte. Une femme en tablier dont je ne pouvais pas voir le visage a ouvert la porte sur une lumière pleine de buée et une odeur de cuisine. Je lui ai dit qui j'étais et pourquoi j'étais venue. « Ah oui, il s'inquiète pour son travail. » Elle avait un accent étranger étonnamment cultivé. « Je vais vous accompagner. » Elle s'est dirigée vers un escalier recouvert d'un tapis rouge fané. « Auriez-vous la gentillesse... » C'était donc là l'origine de la phrase. Je lui ai demandé de passer devant moi, ce qu'elle a fait. Elle a frappé à la porte d'une pièce du deuxième étage.

Elle a murmuré : « Docteur Simek », puis, d'une voix plus forte : « Docteur Simek, une dame veut vous voir. »

La porte s'est ouverte et une voix rauque a dit : « Merci, Mrs. Lazowska. Très aimable à vous. » La femme, qui pouvait être la logeuse, m'a souri et m'a saluée en inclinant la tête. Je me suis surprise à lui répondre de la même façon puis je suis entrée.

Je me suis aperçue dès le premier regard que le docteur Simek était très malade. Il était assis près d'un vieux radiateur à gaz devant lequel était posée une soucoupe d'eau trouble, et il portait une vieille robe de chambre de soie, avec un foulard de soie autour du cou. La pièce était éclairée par la lumière vive d'un plafonnier et contenait un divan étroit, une commode à poignées de faïence comme on en trouve dans les chambres de bonne, une bibliothèque avec une brique sous un côté, là où le pied était parti, et une petite table sur laquelle se trouvait une radio, branchée sur une station étrangère. À la porte était pendue une de ces horribles housses à vêtements en plastique, qui contenait le pardessus et le costume du docteur Simek. Lui-même était assis dans un fauteuil tapissé de velours usé et fané ; il a fait mine de se lever, mais je suis allée vers lui et je lui ai mis la main sur l'épaule ; il a levé son autre main et a tapoté la mienne en souriant.

J'avais pensé le trouver abattu, mais il semblait avoir retrouvé une certaine allure mondaine, un certain air raffiné. Quand je lui ai tendu ses notes, il a incliné la tête en murmurant « très aimable à vous » et m'a fait signe de les poser sur la table. Je lui ai demandé comment il allait et il a fait une petite grimace : « Comme vous voyez, miss Frances, comme vous voyez. » Puis, comme s'il sentait qu'il avait cherché à se faire plaindre, il a fixé une cigarette blonde dans son fume-cigarette et m'a demandé de m'asseoir. Je me suis assise sur le lit parce qu'il n'y avait pas d'autre endroit où s'asseoir. Il y a eu un coup à la porte et Mrs. Lazowska est entrée avec deux grands verres de thé au citron sur un plateau. « Votre thé, docteur. Et pour votre invitée. » Elle a posé sur la table une petite assiette de biscuits inconnus et a dit d'une voix pressante : « S'il vous plaît, mangez. S'il vous plaît. » Le docteur Simek lui a fait un salut de la tête comme pour la congédier et elle a compris que c'était le signe qu'elle pouvait se retirer.

C'était très silencieux, à part le ronflement du radiateur à gaz, et il faisait très chaud. Le thé était brûlant, mais je l'ai bu aussi vite que possible. J'avais hâte de sortir de là et pourtant une vieille politesse me contraignait, comme si j'étais redevenue un enfant qui met son point d'honneur à bien se tenir. Le docteur Simek a pris un morceau de sucre avec des doigts qui tremblaient un peu, l'a placé entre ses dents et a pris une gorgée de thé. Ce geste, qui s'est répété plusieurs fois, le faisait paraître incroyablement étranger et m'a rappelé, peut-être dans sa façon d'ouvrir les lèvres, qu'il avait été un homme vigoureux et, d'après la façon dont sa logeuse le traitait, important. Il ne se montrait nullement embarrassé par le décor ni par sa robe de chambre, et moi je me sentais jeune et un peu gauche. Cherchant quelque chose à dire, j'ai regardé autour de la pièce et mes yeux sont tombés sur la photo d'une femme très belle, sur la commode.

« C'est votre femme ?

Je me rendais compte que ma question était grossière.

« Ma fille. Zdenka.

— Elle est très belle.

— Oui, elle était belle. »

Ses doigts ont tremblé un peu plus, le verre de thé s'est levé, s'est vidé, s'est abaissé. Puis une nouvelle cigarette blonde a été placée dans le fume-cigarette et il est devenu clair que le docteur Simek attendait que je m'en aille.

J'ai dit platement : « J'espère que vous irez bientôt mieux. Vous nous avez manqué à la bibliothèque. » Il a eu un petit sourire ironique, comme s'il savait que ça ne changeait pas grand-chose qu'il soit présent ou absent. Je me suis levée, car c'était soudain devenu insupportable, et je lui ai tendu la main. Il a posé son fume-cigarette et a essayé de se lever, mais l'effort était trop grand. Quand il est retombé, son visage s'est affaissé et je me suis approchée de lui pour l'aider. Mais avec une force inattendue il a poussé sur ses bras et il s'est levé, il s'est retenu d'une main au dossier du fauteuil, il a repris son porte-cigarette, il s'est composé une expression de bonne humeur adaptée à une fin de visite et a incliné la tête en signe d'adieu. Il ne m'a pas serré la main, il ne le pouvait peut-être pas ; il est resté tendu contre le dossier de son fauteuil, son autre main serrant le porte-cigarette d'ambre.

Cette image était si forte et si troublante que lorsque je suis arrivée chez moi je l'ai mise sur le papier.

Elle me hantait et m'irritait tellement que j'étais impatiente de voir mes amis et ravie de sortir le dimanche suivant. J'ai fait un effort pour oublier tous mes doutes et tous mes soupçons, et nous nous sommes beaucoup amusés. Nous sommes partis pour Bray en voiture, James et moi assis à l'arrière, et quand James m'a pris la main, que nous nous sommes regardés, j'ai su que tout allait bien de nouveau. C'était une belle journée ensoleillée, trop belle pour s'enfermer, comme a dit Alix, et nous avons décidé d'échapper au déjeuner et de continuer la promenade.

« De toute façon, Barbara est toujours un peu assommante », a décidé Alix, balayant ainsi nos objections. « Je peux lui dire que nous nous sommes perdus. Et comme ça, quand nous n'aurons vraiment rien de mieux à faire nous pourrons recommencer. »

Nous avons déjeuné dans un pub au bord de l'eau et Alix et Nick ont décidé que nous devions nous promener. Ils sont partis devant en se tenant par le bras, les yeux dans les yeux ; James et moi nous nous sommes regardés encore une fois et nous avons souri. Nous sommes partis de notre côté, mais nous avons seulement fait le tour du jardin. Le temps s'était radouci, comme si le printemps s'annonçait déjà, et nous avons pu nous asseoir ensemble sur un banc pour regarder la rivière.

Plus tard dans l'après-midi, Nick a tenu a prendre des photos. J'en ai pris d'eux et je ne sais pas si elles sont bien sorties. Ensuite, Nick en a pris une de moi. Je l'ai trouvée sur mon bureau deux jours après. On m'y voit assise sur une chaise de jardin, avec mon chemisier de laine bleu et mon pull-over bleu. J'ai l'air très jeune, très confiante, très insouciante. Très heureuse. Je l'ai toujours. C'est la seule photo de moi que je possède.

CHAPITRE HUIT

Après ce beau dimanche, notre attention s'est relâchée, nous n'avons plus été aussi proches. Il ne restait plus que dix jours avant que Noël nous déborde. Nous avons fait une petite fête à la bibliothèque, essentiellement pour Mrs. Halloran. Le docteur Leventhal versait du sherry dans des verres un peu trop petits et j'offrais des gâteaux. Ça n'a pas été follement gai, mais Mrs. Halloran — qui s'était vêtue de vert et portait de nombreux bijoux aux pouvoirs occultes — s'est bien amusée. Après quatre verres de sherry elle est devenue sentimentale et a fait quelques prédictions nébuleuses pour la nouvelle année. « Tout ce que vous souhaitez vous-mêmes, mes enfants », a-t-elle proclamé. Elle l'a répété plus tard dans l'après-midi quand je lui ai apporté sa tasse de thé, et une autre fois quand, encore plus tard, nous sommes arrivés à la persuader de s'en aller.

Nick est venu à la fête et James est passé, mais n'est pas resté. Je n'avais pas vu Nick depuis exactement une semaine, quand il avait pris des photos de nous dans le jardin, et j'ai été surprise de le trouver changé. Il a été, naturellement, charmant avec Mrs. Halloran qu'il a taquinée comme d'habitude, et j'ai été frappée qu'il reste si longtemps, car il n'y avait là rien qui le retenait, et son visage, quand il ne faisait pas son sourire radieux habituel, avait une expression presque décontenancée. Cela lui ressemblait si peu que je me suis demandé s'il était malade, alors qu'il paraissait aller très bien. Il avait l'air... mal à l'aise, fautif, préoccupé. Il avait l'air de penser à tout autre chose, absent, passif. Il a refusé mes gâteaux avec un bref sourire automatique et il est tombé dans une sorte de rêverie dont il n'est brusquement sorti que pour flirter avec Mrs. Halloran. Je me suis demandé s'il était arrivé quelque chose, et quand j'ai pu lui parler sans que les autres nous entendent je l'ai questionné. Il a levé les mains en prenant un air faussement coupable et m'a répondu : « Pardon, pardon, je ne suis pas très sociable, n'est-ce pas ? », ce qui n'a pas répondu à ma question. Ce geste, plus que ses mots, me rappelait quelque chose. Après quelques minutes de réflexion je me suis souvenue que c'était le même genre de geste qu'il avait à l'époque où il n'avait pas lu l'article du docteur Simek. Ou quand il disait qu'il avait l'intention de l'inviter à dîner.

Cette pensée me tracassait. C'est à ce moment-là que j'ai réalisé que j'étais exclue petit à petit des dîners avec les Fraser, ou plutôt c'est ce que j'ai imaginé. Nous ne nous étions pas vus pendant une semaine. Il se pouvait qu'ils aient été pris dans la ruée de Noël, mais je ne voyais pas en quoi cela devait empiéter sur leurs soirées. Noël occupait en tout cas beaucoup James, car il devait penser à plusieurs petits neveux et nièces. J'étais toute prête à l'aider à faire des achats pour eux, mais il m'avait expliqué qu'il s'en tirait très bien et qu'il lui était facile d'aller chez Harrods. J'avais acheté tous mes cadeaux, parce que Noël ne semblait plus avoir d'importance pour moi ; je voulais seulement en finir et partir chez les Benedict, à Plaxtol, avec James.

Nous n'avions pas trop de travail à la bibliothèque ;

heureusement car Alix me téléphonait sans cesse. Parfois elle me disait : « Rien de spécial. Je me mets simplement à jour », et je raccrochais avec une sensation de déception absurde. Je découvrais que j'étais avide de nouvelles, d'informations. Mais d'autres fois elle était beaucoup plus inquiétante, et comme je savais que le docteur Leventhal mesurait de plus en plus la durée de ces communications, mon irritation et mes craintes en étaient aggravées. Elle prenait tout son temps pour ces conversations qui avaient toutes, désormais, le même thème : j'étais indifférente ; je ne savais pas me conduire avec les gens, je m'étais mal comportée avec elle et avec Nick, et si je continuais à agir de cette façon je devais cesser de voir James.

La première fois qu'elle m'a fait cette remarque j'ai protesté : « Mais pourquoi ? En quoi est-ce que je lui fais du mal ?

— Tu l'encombres, c'est tout. Il se sent engagé avec toi et tu m'as dit que ça ne mènerait nulle part.

— Je n'ai rien dit de ce genre... »

Je pouvais l'entendre allumer une cigarette et aspirer la fumée.

« Tu m'as bien dit que tu ne l'aimais pas, non ?

— Mais ça ne veut pas dire que je ne dois pas le voir. J'aime être avec lui. J'aime sa compagnie. Il aime la mienne. » Je sentais que je plaidais pour avoir le droit de continuer à voir James. « Pourquoi faut-il que ça change ? Nous étions très heureux...

— Exactement, tu vois ? » Elle avait crié sur un ton de triomphe. « Vous *étiez* très heureux. Ou plutôt *tu* étais très heureuse. Il n'y a que toi qui comptes, n'est-ce pas ? Mais lui ? Crois-tu qu'il est heureux ? »

J'ai dit : « Il faut que j'y aille », parce que j'étais tellement bouleversée que je ne savais pas comment continuer. Je me demandais si j'avais réellement rendu

James malheureux et, si c'était le cas, ce que je pouvais y faire. Je me demandais pourquoi il ne me l'avait pas dit. Je me souvenais pourtant de son visage trop souvent sévère ou abattu, de son regard grave. Ses mains ne me touchaient plus le visage comme avant, il les gardait nouées sur ses genoux ; leur étonnante douceur avait disparu et elles avaient repris leur aspect menaçant ; dures et rouges. Mais si la vérité horrible était qu'il ne m'aimait plus, pourquoi ne pas me l'avoir dit ? Et s'il ne m'aimait plus, pourquoi partir ensemble ? Et s'il ne m'aimait plus, qu'est-ce qui l'avait changé ?

C'est ce dernier doute, intolérable, qui me liait encore à Alix, qui à l'évidence connaissait la réponse à ce dilemme. Elle avait dû encourager James à lui parler, comme il ne l'avait pas encore fait avec moi ; elle devait en savoir plus que moi. L'inquiétude m'aveuglait au point de ne pas voir qu'elle n'avait aucun droit à s'en mêler et que j'avais toutes les raisons de demander à James de ne se confier à personne d'autre que moi, s'il avait en effet quelque chose à confier. Ce qui me restait de bon sens me disait que cette histoire était fabriquée de toutes pièces, qu'Alix s'ennuyait, qu'elle ne pouvait pas résister devant une situation qui lui paraissait « intéressante » et qu'il était bien possible qu'elle s'en serve rien que pour s'amuser, pour se distraire. Parce que moi je ne l'amusais plus. Je ne me confiais plus à elle. J'avais payé d'ingratitude ses prévenances. Et si James se confiait à elle, c'était parce qu'il savait mieux se tenir et savait ce que l'on attendait de lui. Il savait ce qui était dû à Alix. Il cédait à ses caprices.

Ces réflexions m'ont conduite à une vérité pénible. S'il cédait à ses caprices, c'était à mes dépens. Et s'il faisait cela, alors il n'était pas tout à fait l'homme parfaitement honnête que j'avais imaginé. Mais je ne pouvais pas y croire, même si je me rappelais sa sévérité récente, qui ne ressemblait en rien à celle qu'il manifestait avant que je le connaisse vraiment. Avant d'être amoureux de moi. Ce qui m'a amenée à une autre vérité intolérable, c'était qu'il était tombé amoureux d'Alix. Ou qu'Alix était tombée amoureuse de lui et qu'elle essayait de nous brouiller.

Quand cette pensée m'est venue je n'ai pas pu la déloger et elle s'est mise à tournoyer dans ma tête avec tout un cortège d'images affreuses et érotiques. Je les imaginais tous les trois dans une complicité odieuse, comme je les avais imaginés une fois au petit déjeuner, en train de rire. De plaisanter. Ma folie me les faisait voir dans des combinaisons que je ne pensais pas connaître. J'entendais Mrs. Halloran répéter : « Elle le tient par la queue », et je reconnaissais la force et la volonté capricieuse d'Alix, sa maîtrise, son autonomie, son audace. Celle à qui il faut obéir. J'ai revu le visage distrait de Nick à notre petite fête de Noël et j'ai cru le comprendre. J'ai vu que l'on écartait James de moi parce que j'étais trop ennuyeuse pour l'intéresser encore. J'avais cru que nous étions heureux à notre façon, modestement, avec nos promenades, notre café. J'ai pensé à nos vacances proches et j'ai compris que je ne pourrais pas les supporter si ces questions restaient sans réponse.

Sans réfléchir, j'ai pris mon sac, je suis descendue à la cabine téléphonique du sous-sol et j'ai téléphoné chez Alix.

« Je voudrais te parler de ce que tu as dit. À propos de James et moi. »

Elle a pris un ton très las, très raisonnable.

« Je n'en vois pas très bien l'utilité. » Je l'entendais tirer sur sa cigarette. « J'ai été claire. Si tu ne l'aimes pas

— comme tu me l'as dit toi-même — ton devoir est de lui dire que vous ne pouvez pas continuer ainsi. C'est simple. »

J'ai protesté. « Mais non, moi aussi j'ai des sentiments dans cette histoire. Tu n'as pas l'air de le comprendre. Et c'est de ça que je veux te parler. »

Elle a soupiré : « Bon, alors viens dimanche. Il ne sera pas là. C'est l'anniversaire de sa mère. Viens vers quatre heures. »

J'ai dit stupidement : « Je ne peux pas. Je dois aller voir miss Morpeth. J'y vais une fois par mois et je ne peux pas ne pas y aller juste avant Noël. »

Elle a explosé : « Pour l'amour du ciel, c'est bien ce que je te dis. Tes petites habitudes. Ton train-train. Et tu voudrais qu'il s'y conforme. »

J'ai essayé de prendre une voix ferme : « Alix, c'est idiot. Je ne sais même pas de quoi il est question. Il faut que nous nous parlions. Je ne peux pas venir un autre jour ? Par exemple lundi soir ? Je pourrais venir en sortant du bureau... »

Il y a eu un silence. Puis : « Lundi, nous voyons Maria. Il faudrait lui demander. Oh et puis pourquoi pas ? D'accord, viens lundi. »

Je tremblais en raccrochant. J'avais la sensation de comparaître devant un tribunal déjà prévenu contre moi. Et je ne voyais toujours pas ce que j'avais fait de si mal. Pour moi, j'étais non seulement innocente mais inoffensive. Je ne forçais pas James à faire une chose qu'il ne souhaitait peut-être pas faire. En fait, je ne le forçais à rien du tout. C'était peut-être là mon tort, ai-je pensé. C'était peut-être le genre d'homme qui aime que l'on décide pour lui. Il est peut-être tellement intègre et austère que c'est à moi de faire les premiers pas. Que je dois lui demander pourquoi il hésite, lui dire que je ne refuse pas. Faire en sorte qu'il m'aime.

J'ai dit que je ne l'aimais pas au sens fatal du terme. J'entends par là qu'il n'était pas une drogue, une obsession, comme cette fois-là dont je ne parle jamais. Je n'avais pas à me battre pour compter pour lui, je n'avais pas à tout abandonner quand il apparaissait, je n'avais pas à brûler tous mes vaisseaux à un signe de lui. À vrai dire, après l'humiliation de cette fois précédente, je découvrais avec James un renouveau d'innocence et je me sentais mieux avec cette innocence qu'avec le cynisme du désir et du mépris si étrangement mêlés que j'avais connu avant. Ce mystère, cette urgence, cette amertume, cette absence d'espoir... Je connaissais la joie de fréquenter ouvertement un homme qui était un parti convenable (quelle expression préhistorique !), à la vue de tous, après les stratagèmes et les retours au petit matin, en larmes, serrée dans mon manteau pour cacher mes vêtements froissés remis à la hâte. La souffrance cachée, le visage trompeur du lendemain. Je n'aurais pas pu le supporter une nouvelle fois.

Cette fois-ci, vous comprenez, je voulais que tout se passe bien. Je voulais pour moi-même et pour lui la satisfaction et la paix, et je voulais l'approbation des autres. Je voulais que tout aille selon les prévisions ; je voulais même les petites satisfactions des félicitations et des bons vœux. Je voulais voir Mrs. Halloran et le docteur Simek me sourire en levant leur verre. Je voulais, une fois dans ma vie, une vraie fête. Pour compenser toute la tristesse, tout le gâchis et le désordre, toute l'attente, le temps passé dans des chambres de malade, les retours furtifs et les faux visages du matin. Je voulais plus que tout une chance d'être simple, encore une fois, comme je devais l'être, et comme je l'avais été bien avant, il y avait très longtemps.

Je voulais la fin de la mesquinerie, de la simulation,

de l'angoisse, de l'hypocrisie. La fois précédente, celle dont je ne parle jamais, avait été trop insupportable et trop déroutante. Je m'étais prise à répondre à des attentes que je ne comprenais pas vraiment : grossièreté, duperie, cruauté. J'avais été humiliée et j'avais plu, précisément à cause de cette humiliation. C'était tellement différent de ce que les autres pensaient de moi. J'avais pourtant réussi à vivre deux vies. Mais des deux vies, à la fin, c'était la plus respectable que j'avais héritée. Non sans mal, bien sûr. Non sans mal. Mais en même temps je savais que quoi que l'on dise, quoi que l'on endure et quoi que l'on accepte l'amour devrait être simple. Et il l'est. Il l'est.

Et voilà que de nouveau je devais traquer la spontanéité, manœuvrer et rester sur mes gardes. Je ferais ce que l'on me demandait, sans plus très bien savoir qui me le demandait tant j'étais désemparée. Je tremblais de perdre James, je m'affolais à la pensée de l'expertise à laquelle on me soumettait, j'étais prête à me battre. Mais le cœur n'y était plus.

Je suis remontée en courant et j'ai frappé à sa porte, ce que je n'avais jamais eu à faire auparavant. Il a eu l'air surpris de me voir, et plutôt distant, enfermé dans son personnage professionnel. Quand je lui ai expliqué que je voulais le voir le soir même, qu'il fallait absolument que je le voie, il a eu un petit sourire, il a secoué la tête, comme s'il cédait à un caprice d'enfant, et il m'a dit qu'il viendrait me chercher après la fermeture de la bibliothèque, à six heures.

J'ai tremblé toute la journée sans discontinuer, proche de la colère mais pas tout à fait assez emportée. J'étais tendue par l'angoisse, par le désespoir, car je doutais d'être capable d'inspirer de l'amour. Si, conformément aux apparences, j'avais perdu si vite tout intérêt, comment pouvais-je redresser la situation à ce stade avancé ? Je n'étais ni une femme forte, capable de plier les autres à ma volonté, ni particulièrement malléable et donc capable de me soumettre à la volonté des autres. Je ne me faisais pas spécialement remarquer pour mes caprices. Je n'étais pas irrésistiblement séduisante ; j'étais simplement bien élevée et assez observatrice — deux choses qui ne vont pas ensemble. Et on me dit que j'ai la langue dure. Certes, j'étais extrêmement raisonnable, mais cette qualité même, semblait-il, m'empêchait de rêver. Pourquoi quiconque aurait-il cherché à me faire plaisir, ou se serait-il donné le mal d'essayer, alors que j'avais si peu d'exigences ? Je le savais, depuis toujours, mais de le savoir me rendait désormais doublement inefficace. À un moment de la journée, je me suis surprise à me tordre littéralement les mains, et alors j'ai su à quel point j'étais épouvantée.

Je pense que j'aurais pu être différente. Autrefois, j'étais très confiante, très gaie ; je ne doutais ni de mes intentions ni de celles des autres. Tout cela avait disparu et j'avais fait de mon mieux pour le remplacer. J'étais devenue appliquée au lieu d'être spontanée ; voyant que je ne serais pas autorisée à participer, j'étais devenue un observateur. J'avais refusé de faire pitié. Pas une fois je n'avais dit : « Et moi... ? » Il m'a semblé que je devais faire encore un effort, encore une tentative pour prouver que j'étais apte à vivre. Et si je réussissais, on me donnerait peut-être encore une chance de tout recommencer. Je n'ai pas osé penser à ce qui arriverait si j'échouais.

À cinq heures et demie, je me suis échappée de la bibliothèque pour aller me laver les mains ; elles étaient moites. Je me suis regardée dans la glace et j'ai vu mon visage net, tendu, mes yeux effrayés, mes lèvres blanches.

J'ai pris dans mon sac un rouge à lèvres à peine utilisé et je me suis fait une bouche rose, puis, avec le même bâton, je m'en suis frotté un peu sur les joues. Je me suis forcée à me détendre et je me suis souri aimablement dans la glace. Quand je suis retournée dans la bibliothèque, Olivia m'a dit : « On te demande au téléphone », et elle avait les yeux aussi agrandis et effrayés que les miens. Je suis allée dans le bureau du docteur Leventhal et j'ai pris le téléphone ; bien entendu, c'était Alix, très amicale, qui m'invitait à dîner le soir même.

« Je ne peux pas. Je sors avec James.

— Je sais, il m'a téléphoné pour me le dire. J'ai pensé que ce serait plus simple que tu viennes ici, ensuite nous pourrons te mettre dans un taxi et nous nous coucherons tous de bonne heure. »

J'avais peur et j'étais contrariée mais j'ai dit prudemment : « Eh bien, non. Je veux lui parler.

— Tu peux lui parler ici. » Son ton était non seulement inexorable, mais très raisonnable. Elle donnait l'impression qu'il n'y avait aucune raison pour que je ne fasse pas ce qu'elle voulait, et que ça arrangerait tout le monde si j'acceptais immédiatement.

J'ai simplement dit : « Pas ce soir.

— D'accord, d'accord, inutile d'être désagréable.

— Je n'ai pas...

— Mais laisse-le rentrer tôt, c'est tout ce que je demande. Il a l'air épuisé. Tu pourrais y penser, pour changer, quand tes vieilles dames te laisseront une minute. »

En essayant de contrôler ma voix, j'ai dit sèchement : « À lundi », et j'ai attendu qu'elle raccroche, ce qu'elle a fait sans un mot de plus.

Je crois que c'est à ce moment-là que j'ai compris que j'étais à la merci d'Alix, et j'en ai été tellement choquée que je me suis ressaisie et que j'ai regardé la réalité en face. Si, comme c'était incontestablement le cas, je m'étais attiré les reproches d'Alix à cause de l'attachement de James pour moi, il était clair que je devais renoncer à lui pour regagner ses bonnes grâces. C'était d'un ridicule tellement énorme que j'en ai aussitôt abandonné l'idée. J'ai décidé de faire cause commune avec James, de lui expliquer la situation, de la lui présenter comme une affaire sans gravité, et même plutôt drôle, et de lui demander ensuite ce qu'il en pensait. Il fallait avant tout éclaircir l'atmosphère. Je me suis dit que j'étais en train de devenir morbide.

Juste après six heures, il a passé la tête à la porte, il m'a fait signe, j'ai pris mon sac et je suis sortie le rejoindre. Je me suis retournée instinctivement et j'ai vu qu'Olivia me regardait. Nos regards se sont croisés et, alors que je ne lui avais rien dit, elle m'a fait un grand sourire d'encouragement en levant le poing. Par délicatesse, elle n'a pas fait un geste pour partir, de crainte que l'on puisse penser qu'elle nous observait, James et moi.

Au dîner, j'ai pu à peine manger, bien que je pense que la cuisine est excellente dans ce restaurant italien : James y déjeune presque tous les jours. Il n'a pas eu l'air de remarquer que je coupais des petits morceaux que je laissais dans mon assiette ; il ne me regardait même pas, tout en étant de bonne humeur et très bavard. On aurait dit qu'il s'adressait à un point situé quelque part à ma droite, et alors que je voulais être attentive et paraître intéressée, j'avais quelque difficulté à comprendre de quoi il parlait. Je me suis reproché ma distraction, mais dans des moments de lucidité je me suis rendu compte qu'il était délibérément incohérent ; il parlait de sujets et même de personnes que je ne connaissais pas et je ne pouvais donc pas le suivre. Il se défendait de moi. Je ne pouvais pas éveiller son intérêt tout en sachant qu'il était là, circonspect, attendant le piège et décidé à l'éviter. J'avais le cœur battant, j'étais mal à l'aise, et soudain j'ai été impatiente de quitter le restaurant, de rentrer chez moi, d'avoir James pour moi toute seule. Mais il n'était pas pressé, semblait-il, et je ne pouvais pas attirer son attention. Ses yeux évitaient les miens. J'avais envie de dire : « Et moi… ? Et moi… ? »

Il a finalement demandé l'addition et j'ai attendu près de la porte en boutonnant mon manteau et en tiraillant ma ceinture dans mon impatience. Il avait commencé à pleuvoir, un petit crachin fin, et on sentait un air humide, malsain. Quand il m'a rejointe j'ai voulu lui prendre la main, mais il était trop occupé avec ses portefeuilles, ses poches ; une main allait à son col, une autre à sa veste, pour l'ajuster sous le pardessus, et nous avons fini par partir, côte à côte, à un rythme contraire, sans rien dire. Puis nous nous sommes rapprochés, instinctivement, dans cette vilaine nuit, au bout d'un moment ma main s'est emparée furtivement de la sienne, et c'est ainsi que nous sommes arrivés chez moi, silencieux mais de nouveau main dans la main.

Aucun bruit ne venait de la cuisine et j'ai supposé que Nancy s'était couchée de bonne heure. Notre plateau était sur la desserte et je l'y ai laissé. J'ai jeté mon manteau et je suis allée dans le salon ; j'ai allumé le feu et la lumière et quand je me suis retournée il était au milieu de la pièce, pensif. Je me suis approchée de lui et je lui ai mis les bras autour de la taille, par-dessus son manteau mouillé qu'il n'avait pas quitté, puis j'ai ri en lui disant : « Chéri, tu es trempé. Enlève ça. » Il a hésité et j'ai continué à rire, j'ai tiré sur sa manche jusqu'à ce qu'il s'en dégage. J'ai poussé les deux poufs vers la cheminée, mais il ne s'est pas approché. Il s'est assis dans le fauteuil de ma mère et a desserré son col. Il avait un air méfiant, distant, et j'ai pensé que je devais faire quelque chose pour effacer de son visage cette expression bizarrement offensée. Je ne supportais pas son attitude étrange. Alors je me suis mise à parler de la façon la plus frivole possible, et je me suis perchée sur l'accoudoir du fauteuil. Au bout d'un moment, il a souri et m'a attirée sur ses genoux. L'idée m'est venue que l'un de nous se conduisait d'une manière saugrenue, et j'ai supposé que c'était moi. Mais son silence me terrorisait. Alors j'ai continué à parler. Je me suis finalement arrêtée et je l'ai regardé, j'ai souri, je me suis levée, je lui ai pris la main, je l'ai emmené dans ma chambre, et quand je suis tombée avec soulagement sur mon lit je me suis détendue et je l'ai attiré vers moi. Je sentais battre son cœur ; je sentais ses mains qui arrachaient ma robe. Je me suis dit : « Mais ça ne devrait pas se passer comme ça, ce n'est pas la peine de... » J'ai tendu les bras, mais soudain il s'est libéré, il s'est levé et il m'a dit : « Pas avec toi, Frances. Pas avec toi. » Je suis restée là, il m'a tourné le dos, et il s'est dirigé, très agité, vers la bibliothèque. Il est resté là, toujours le dos tourné. Au bout d'un moment, je me suis redressée, et j'ai attendu qu'il se retourne, qu'il m'explique. Mais il ne l'a pas fait et finalement je me suis levée et je me suis approchée de lui. Je lui ai demandé ce qui n'allait pas. Je me suis glissée de façon à lui faire face et je lui ai dit : « Qu'est-ce qu'il y a ? Qu'est-ce qu'il y a ? Qu'est-ce qui se passe ? » en pensant que j'avais dû faire quelque chose qui l'avait mis en colère. Mais il n'a pas répondu. Et alors, je crois bien, j'ai compris que je l'avais perdu bien avant que cette soirée ne commence.

Je me suis regardée, j'ai regardé ma robe froissée, mon

col légèrement décousu. Je l'ai regardé, mais il ne voulait pas rencontrer mon regard. Je suis sortie de la pièce et je suis retournée dans le salon, près du feu. Je l'ai enfin entendu entrer, mais je suis restée debout, le dos tourné. Je l'ai entendu s'approcher de moi, hésiter, puis je l'ai entendu sortir, et enfin j'ai entendu la porte d'entrée se refermer doucement derrière lui. Au bout d'un moment, j'ai levé les yeux vers la glace, suspendue par les chaînes au-dessus de la cheminée, et j'ai vu mon visage blanc, le regard fixe, la bouche gonflée et entrouverte, anormalement barbouillée de rouge à lèvres. Alors, très lentement, je me suis baissée pour éteindre le feu et les lampes, et je suis allée me coucher.

Le lendemain, j'ai travaillé posément, à peu près comme d'habitude. La bibliothèque était calme. Le téléphone n'a pas sonné, et pourtant je l'attendais. Si quelqu'un téléphonait, j'avais prévu de dire que je ne me sentais pas bien et que je rentrais chez moi. Ensuite je rentrerais chez moi. Je crois que j'espérais que cela arriverait et que les autres s'inquiéteraient pour moi. Je pensais que si je rentrais chez moi James finirait par venir me retrouver et que dans cette chambre je pourrais reconstituer cette soirée et la faire tourner bien. Nous pourrions alors tout recommencer et redevenir ce que nous avions été l'un pour l'autre. Mais le téléphone n'a pas sonné et personne ne m'a dérangée.

J'espérais que James viendrait enfin, quand ce n'aurait été que pour m'expliquer ce qui s'était passé. Il me semblait que, tout simplement, je n'avais pas été consciente d'une difficulté et que dès que je comprendrais je pourrais en rire et prétendre que ça n'avait aucune importance. Je pensais lui dire : « C'était le mauvais moment ? J'étais très inquiète. J'ai cru que j'avais fait quelque chose qui t'avait blessé. » Et alors il rirait, presque de soulagement, de voir que j'avais compris et que je n'étais pas fâchée ; et si je faisais très attention, tout pourrait recommencer. J'avais tout arrangé, et je ne me suis même pas inquiétée qu'il n'apparaisse pas ce jour-là, ni le lendemain, parce que je comprenais que ç'avait été un choc pour lui, qu'il était embarrassé et qu'il ne savait pas comment s'expliquer. J'ai commencé à me demander si je devais aller le voir pour lui faciliter les choses, mais je ne suis pas parvenue à m'y décider. Je savais que c'était peut-être nécessaire, mais je le remettais sans cesse. Je pensais qu'il fallait mettre les choses au clair avant le lundi suivant, où je le verrais chez les Fraser. Je n'étais pas sûre de pouvoir me comporter comme si de rien n'était.

Mais, à mesure que les heures passaient, il est devenu clair que c'était ce qui arriverait. Je considérais qu'il devait se sentir absolument libre — et j'y pensais à chaque minute de la journée —, que je ne devais exercer aucune pression sur lui, que je devais simplement le faire passer d'abord. Je me suis mise à me demander si je l'avais déjà fait et j'ai constaté avec tristesse que peut-être non. Le plaisir que me donnaient mes petites habitudes, qui, maintenant que j'y pensais, se réduisaient à des occupations d'enfant ou d'infirme, l'avait induit en erreur. Il était évident que j'aurais dû mieux le connaître, que j'aurais dû deviner en lui quelque chose de compliqué, une sorte de refus... Or je ne l'avais pas senti. Je ne m'en étais même pas aperçue. Mais si un regard plus intelligent, plus adulte que le mien avait perçu cela et avait essayé de le protéger, et ce faisant avait essayé de me mettre en garde, alors, en réalité, Alix n'était coupable de rien, sinon d'un goût excessif pour le mystère. Je me rendais compte qu'il faudrait finalement que je lui en parle, si James ne me disait rien de son plein gré, et cette idée me remplissait de dégoût. Et pourtant, à mesure que le temps passait et que James n'apparaissait pas, je commençais à admettre peu à peu le fait que je devrais aller voir Alix pour que nous nous expliquions ; que ce ne serait plus une question entre nous deux mais, une fois de plus, une affaire à quatre, comme au début.

Mais il était hors de question que je lui répète ce qu'il avait dit : « Pas avec toi, Frances. Pas avec toi. » Ces mots me revenaient sans cesse, et à la fin j'ai conclu qu'il ne m'avait pas trouvée... à son goût pour cela ; qu'il m'avait considérée seulement comme une amie, que c'était une amitié qui devait être conservée dans sa simplicité enfantine, avec ses promenades salubres et ses tasses de café. J'ai pensé que je m'étais probablement trompée sur l'exaltation première que j'avais ressentie dans ma tête et dans mon corps, mais qu'il n'avait visiblement pas ressentie de la même façon. Cette découverte m'a laissée tout engourdie. Et je lui avais dit tant de choses : j'avais demandé à Olivia la maison de Plaxtol, et j'avais montré à James que je comptais sur lui pour y aller avec moi, comme si... exactement comme s'il en avait envie. Exactement comme si je représentais quelque chose pour lui en ce sens. Je ne pourrais jamais avouer cela. Tout en devinant qu'Alix et même Nick exigeraient un compte rendu circonstancié, je savais que je ne pourrais jamais leur laisser voir à quel point je m'étais trompée.

Tandis que les trois jours qui me séparaient du week-end s'écoulaient lentement et que James restait invisible, l'espoir m'a abandonnée et j'ai compris qu'il essaierait d'enterrer l'incident, qu'il ferait comme si rien ne s'était passé, qu'il n'y ferait jamais allusion, et qu'il pouvait peut-être même ne pas en parler à Alix et à Nick. J'ai pensé qu'il serait de bon ton d'abandonner la question et de mettre fin à notre relation aussi discrètement que possible. Le lundi suivant, je serais brillante et amusante, car à présent j'avais plus que jamais besoin de mes amis. Au moment de rentrer chez moi, je prétexterais la fatigue et je prendrais tout naturellement un taxi. Et je m'arrangerais pour laisser entendre que tout était fini. C'était ce qu'ils voulaient, après tout, chacun à sa manière. Et je ne devais me montrer ni têtue ni désagréable : Noël approchait et nous devrions le fêter ensemble. Je devais donc être très gaie. Je dirais à Olivia que nous avions décidé de ne pas utiliser la maison, et je savais qu'elle ne me poserait pas de questions. Je lui raconterais tout un jour. Mais pas encore.

C'est comme ça que je suis arrivée à ma conclusion, et je suis restée étonnamment calme. Je dormais mal, c'est tout. Quand je dis mal, je ne veux pas dire que j'étais nerveuse ou agitée. Bien au contraire. Je tombais dans un sommeil profond comme une espèce de mort qui durait jusqu'au matin, et quand je m'éveillais je me sentais tout étourdie. Je m'asseyais dans mon lit et j'essayais de m'adapter à l'état de veille après une sorte d'absence totale, et parfois, même assise dans mon lit, je repartais à la dérive et je sentais un poids qui m'entraînait vers le fond. Dans cet état étrange, presque amnésique, des images me venaient, dont je ne pouvais pas toujours me souvenir durant la journée. Elles me harcelaient, exigeant que je me les rappelle. Et parfois elles surgissaient, très nettes. C'est ainsi que j'ai revu le coffret à cigarettes en bois de rose ; il paraissait très grand. Il paraissait très grand parce que j'étais très petite ; je passais ma main d'enfant sur le rebord légèrement irrégulier, légèrement imparfait. Je répétais le geste à l'infini. Je n'avais rien d'autre à faire, parce que j'étais un enfant et que j'attendais que les adultes reviennent de là où ils étaient si mystérieusement occupés et m'autorisent de nouveau à rester avec eux.

CHAPITRE NEUF

Quand j'ai été prête pour aller voir miss Morpeth, j'avais déjà repris mes esprits. J'étais un fac-similé de mon ancien moi-même : pétillante, drôle, mordante, mes yeux ronds, des yeux d'oiseau, à l'affût des bizarreries dans le comportement des autres, que je pourrais éventuellement utiliser pour le roman comique que j'écrirais un jour. Je n'étais pas revenue à cet état sans difficulté. Par-dessus tout, l'idée de retrouver le rôle d'observateur au lieu de celui de participant me remplissait d'effroi et de tristesse. Je savais que c'était un atout pour les échanges sociaux, mais je le ressentais comme le sceau de la mort sur tous les espoirs plus naturels que j'aurais pu entretenir. Dans mon rôle d'observateur (et je voyais déjà les critiques : « spirituelle », « pénétrante », etc.), il faudrait que je me prépare à écouter beaucoup. Sans faire de commentaires, bien entendu. Je mettrais mon point d'honneur à tirer de tout une morale astucieuse, à voir le monde comme une comédie humaine, à repérer les filières, déterrer les motifs. À faire, en somme, tout ce que je n'arrivais pas à faire dans la vie réelle. Moi qui avais tant de mal à sortir de mon petit isolement, je ne devrais jamais en réalité laisser deviner ma solitude. Je devrais, dans toutes les réunions, être l'originale, et, pour cacher mon sentiment de honte, je devrais faire semblant de prendre des notes. Alors qu'autrefois j'avais pensé dire « et moi... ? », il faudrait désormais que je sois attentive aux autres qui m'étaient extérieurs. Moi qui avais cherché à être considérée, pour des raisons autres que celles que je reconstituais à présent, je devrais oublier que j'avais souhaité un jour cette considération. Il n'en sortirait rien de bon.

Ce fameux dimanche après-midi, je me suis donc mise en route vers l'appartement de miss Morpeth ; je me sentais profondément exaspérée, et en même temps j'étais d'une lucidité hargneuse. L'exaspération n'était que la manifestation finale de mes sentiments pour, ou plutôt contre, miss Morpeth, et contre la survivance de cette obligation ridicule pour laquelle je ne m'étais pas portée volontaire. Comme il arrive parfois que l'on fasse davantage d'efforts avec ceux que l'on déteste cordialement, ne serait-ce que pour dissimuler cette antipathie à l'autre et à soi-même, je me donnais énormément de mal avec miss Morpeth. Je lui sacrifiais un dimanche après-midi par mois, et chaque fois que je la voyais je répondais aux mêmes questions. J'écoutais les mêmes commentaires à propos du docteur Leventhal, sur lequel on ne pouvait plus compter désormais, ainsi que les observations de miss Morpeth au directeur lorsqu'elle avait été invitée à siéger à la commission qui l'avait nommé. Je mangeais le même gâteau que je n'aimais pas ; je passais le même temps dans la même pièce à l'odeur de renfermé où l'on n'ouvrait jamais les fenêtres. Je lavais les mêmes tasses et les mêmes soucoupes au même moment et j'attendais que miss Morpeth les range à leur place ; j'écoutais le même bruit de verrous et de chaînes qu'elle fermait dans le même ordre, avant de me sentir libre de filer et de dégringoler l'escalier. En contrepartie de tant de tension et de patience de ma part, je trouvais que miss Morpeth ne faisait pas beaucoup d'efforts. Je ne lui donnais visiblement pas satisfaction, ni comme bibliothécaire ni comme être humain, et on voyait à la raideur de sa démarche, à ses propos saccadés, qu'elle m'en voulait des corvées que je lui imposais, telles que préparer le thé. D'ailleurs, je pensais qu'il était temps qu'elle parte en Australie. Je ne sais pas pourquoi, mais je ne pouvais plus supporter de recommencer cette conversation.

La lucidité hargneuse dont je parlais venait de la décision que j'avais prise d'obliger miss Morpeth — et tous les autres, à vrai dire — à payer pour toutes les peines qui m'avaient été imposées. Si miss Morpeth m'ennuyait à mourir, alors miss Morpeth me servirait de matériau. Grâce à l'écriture je ferais entrer miss Morpeth dans mon système : j'en ferais un « personnage », et le moment venu, grâce à ce procédé, ce serait moi qui aurais le dessus. En traversant lentement le parc, en observant d'un œil froid et critique les rares passants, j'écrivais dans ma tête une histoire cruelle mais désopilante où miss Morpeth prenait l'avion pour Melbourne, en commençant par l'achat des bagages légers, la convocation de Nick (Nick ? Je l'avais presque oublié), le trajet vers l'aéroport, avec entre eux deux une conversation frisant le grotesque (et là j'ai réalisé qu'il faudrait que j'aille avec eux), et après ? quoi ? Il faudrait que je m'arrange pour qu'il arrive à miss Morpeth quelque chose d'inattendu. Une idylle ? Difficile à imaginer compte tenu du bas à varices et de la sinistre jupe verte. Mais si elle rencontrait quelqu'un d'aussi peu engageant, quelqu'un comme, oui, comme le docteur Leventhal, alors je pourrais amener un rapprochement quelconque, puisque je les connaissais si bien tous les deux. Le fait qu'ils se détestaient tellement dans la vie réelle donnerait à mon ton d'auteur un piquant supplémentaire. Ensuite, après les avoir rapprochés, je suppose que je pourrais les envoyer ensemble, à l'essai, vers un avenir ensoleillé, aux antipodes.

À ce stade, ma nouvelle aigreur m'a prise à la gorge et j'ai dû m'arrêter et respirer profondément avant de pouvoir continuer. Je me suis aperçue que je ne pouvais pas envisager l'union de deux personnes, même en imagination, sans que le sol menace de se dérober sous mes pieds. Si j'avais pensé à deux êtres humains vivants, idéalement assortis, et si je les avais surpris à se regarder amoureusement, je crois que j'en serais morte. J'étais là dans le parc, un après-midi gris, et je luttais pour me contrôler tandis que mes yeux s'emplissaient de larmes. Comme il me faisait mal ce monde auquel je ne participais pas. Que de choses il me rappelait. Et à combien de dangers j'étais désormais exposée, depuis cette déroute... Mais ma vue était tellement brouillée que j'ai fait un effort sur moi-même ; j'ai regardé fixement à travers mes larmes jusqu'à ce qu'elles disparaissent et je me suis souvenue que je pouvais, si j'en avais la volonté, m'affirmer d'une certaine manière, en me prêtant aux événements pour pouvoir les contrôler plus tard. C'était en réalité la dernière tactique qui me restait, et il valait mieux que je commence à m'exercer immédiatement. Tout compte fait, cette visite à miss Morpeth était une excellente occasion. Et qui venait à point. Car le lendemain soir j'allais devoir dîner avec les Fraser, et avec James, sans aucun doute, et mes défenses devraient être imprenables.

Je me suis retrouvée dans l'entrée beige et verte assez mal tenue de l'immeuble de miss Morpeth. Là, j'ai pratiqué sur moi-même une sorte d'opération chirurgicale et j'ai éliminé tous les sentiments qui n'étaient pas de l'ordre de l'impertinence et de la critique. J'ai pris conscience, mais d'une façon très lointaine, que c'était un moment redoutable et décisif, et que je risquais de m'y perdre moi-même. Mais ce moi-même me paraissait désormais tellement détérioré que ce n'était plus qu'une question de sécurité, de survie ; il fallait préserver les ruines, de la même façon que l'on protège des secteurs de chaussée abîmée pendant que des ouvriers chauffent le goudron et le fondent pour le couler. Si je n'avais aucun pouvoir sur ce qui se passait sous la surface, je veillerais à ce que la partie visible au public soit lisse. J'ai dû reparcourir le cycle complet du désespoir et de la résolution au rythme moyen d'une fois toutes les cinq minutes, et, au moment où j'ai tiré de mon sac le cadeau de Noël de miss Morpeth — un très beau foulard de soie —, j'ai dû encore une fois repousser la faiblesse. Mais quand j'ai sonné, j'avais déjà repris ma position de guet et j'étais prête à me montrer implacable.

Dans ma dureté, les pas du corridor qui venaient à ma rencontre m'ont paru plus traînants que d'habitude, les mains qui défaisaient les chaînes et les verrous plus paresseuses. Il y a même eu une hésitation sensible avant que la porte s'ouvre, comme si les ressorts qui animaient miss Morpeth étaient usés. Bien décidée à décrire le déclin de ses forces avec brio, je me suis composé une expression d'aisance souriante, et j'ai eu la surprise de voir un visage que je ne connaissais pas. C'était bien le visage de miss Morpeth, mais tellement hostile que j'ai éprouvé un certain malaise, comme si ma nouvelle initiative, connue de moi seule, m'avait été enlevée et que quelqu'un d'autre se l'était appropriée. J'ai été alarmée par la vue du visage de miss Morpeth. Décoré de deux taches de rouge à peu près circulaires sur les joues et barbouillé de rouge à lèvres mis de travers, il exprimait, avec son menton en l'air, une sombre résolution qui me semblait mieux convenir à ma propre situation qu'à la sienne. Au point que je lui ai demandé presque instinctivement si elle se sentait bien.

« Parfaitement bien, merci, Frances. » J'ai eu l'impression qu'elle se radoucissait et elle a ouvert grand la porte pour me faire entrer. Je l'entendais trotter derrière moi alors que d'habitude elle passait devant, et comme la bouilloire sifflait dans la cuisine elle m'a laissée pour s'occuper du thé ; pour une fois, j'ai dû aller m'asseoir seule dans son salon vert pâle pour l'attendre, comme un enfant qui attend son goûter. L'idée m'est soudain venue que c'était précisément ainsi que miss Morpeth me voyait, comme un enfant gâté qui prend sa liberté de mouvement comme une chose naturelle, qui boude lorsqu'il s'ennuie, et qui, si on le libère d'une obligation ennuyeuse, s'en va jouer en courant avec d'autant plus d'acharnement que son énergie a été momentanément contenue. Quand miss Morpeth est entrée en poussant la table roulante, je me suis levée pour l'aider mais elle a dit très sèchement : « Ce n'est pas la peine », et je me suis rassise.

Il était évident que quelque chose avait changé ; pas seulement à cause de la couleur posée au petit bonheur sur le visage de miss Morpeth mais à cause des bords irréguliers des tartines beurrées, habituellement coupées de manière parfaite, et parce que la cellophane qui avait enveloppé le cake aux fruits était pliée à côté de l'assiette, en attendant de recouvrir le gâteau immédiatement après que j'eus pris ma tranche rituelle. Dans un silence de plus en plus lourd, je me suis mise à proposer à miss Morpeth des détails intéressants. C'est ainsi que je lui ai parlé très longuement de l'épidémie de grippe et des ravages que celle-ci avait faits à la bibliothèque. Je lui ai raconté le rhume du docteur Leventhal, le rhume du docteur Simek, notre petite fête, et je lui ai dit que Mrs. Halloran s'y était un peu trop amusée. Il n'y avait aucune réaction de la part de miss Morpeth. Alors je lui ai dit qu'un article de Nick avait été publié dans un journal scientifique, ce qui l'a fait demander : « L'avez-vous apporté ? » et j'ai dû avouer que non. Ensuite il y a eu un nouveau silence. Avec une sorte de désespoir je lui ai parlé de ma nouvelle, et c'était un signe de mon désarroi car j'avais voué miss Morpeth au même destin que le docteur Leventhal fictif. Comme j'aurais pu m'en douter, cela ne l'intéressait pas beaucoup non plus. Je pense qu'elle devait me considérer comme un enfant qui cherche à se faire remarquer. De mon côté, et non sans perversité, je trouvais qu'elle ne mettait guère du sien dans le nouveau mode de vie que je m'étais inventé.

Il faisait déjà tout à fait sombre et la conversation était au point mort. En dernier recours, je lui ai dit : « Je suppose que vous partirez en Australie peu après Noël ? Vous devez avoir hâte de quitter cet hiver triste. Et ce doit être le plein été à Melbourne. Comme je vous envie ! »

Alors, miss Morpeth, qui jusque-là regardait droit devant elle, a tourné la tête et a dit d'une voix sourde : « Je n'y vais pas. »

J'ai crié : « Mais pourquoi ? Il y a tellement longtemps que vous y pensez. Et votre nièce...

— Je ne peux pas prendre l'avion. »

J'ai insisté : « Mais il le faut. Tout le monde a peur. Moi aussi. Et en tout cas il y a des cachets... »

Elle a fait un geste las de la main pour me faire taire.

« Je ne peux pas prendre l'avion parce que le médecin dit que mon cœur n'y résistera pas. Je m'y suis prise trop tard. »

Ces mots m'ont effrayée, tandis que miss Morpeth elle-même était tout à fait calme, car elle avait vécu toute seule avec cette idée et cette déception, dans sa pièce vert pâle, bien avant que je vienne satisfaire mon intérêt personnel dépravé. Je l'ai bien regardée et j'ai vu que la couleur appliquée si négligemment sur son visage couvrait une peau plus jaune verdâtre que je ne l'avais cru avant, que la chair de son cou était plus relâchée, que les veines bleues et noueuses de ses mains étaient plus sombres et ressortaient davantage. Puis mon regard s'est posé sur ses chevilles que j'ai vues raides et gonflées, puis de nouveau sur son visage, qui était tiré. Les paupières tombaient sur les yeux ternes ; il y avait sur sa peau des marques violacées. La main qui tenait le briquet que nous lui avions donné à son départ tremblait.

« Je suis désolée, ai-je dit lentement. Je ne savais pas.

— Comment le sauriez-vous ? » Elle m'a lancé un regard de mépris. « Nous n'avons jamais parlé de ces choses-là. Nous n'avons parlé que de la bibliothèque. Et j'ai essayé de m'y intéresser parce que je savais que c'était pour cela que vous veniez. Vous vouliez être aimable, je le sais.

— Je n'avais aucune idée...

— Franchement, Frances, j'en ai par-dessus la tête de la bibliothèque. Je me moque de ce que devient le docteur Leventhal. Je ne l'ai jamais aimé. Quant à Nick... Eh bien, il n'est jamais venu me voir. Sa femme non plus. Je les ai invités plus d'une fois tous les deux à venir prendre le thé, mais ils étaient toujours trop occupés. Vous pensez que tout cela m'amuse ? Des gens grossiers. » Elle s'était mise à trembler.

« Je pense qu'ils sont... »

Elle a dit avec colère : « Je sais ce qu'ils sont. Croyez-vous que je ne les comprends pas ? Je ne suis tout bonnement pas assez intéressante pour qu'ils s'inquiètent de moi, c'est en tout cas ce qu'ils m'ont laissé entendre. Ils me considèrent comme une vieille femme assommante. Rien à voir avec eux. Rien », a-t-elle répété, et deux larmes sont soudain tombées du coin de ses yeux sur son cardigan couleur sable.

Elle a continué d'une voix grinçante : « Je me moque bien d'eux, mais je ne reverrai jamais Angela », et sa bouche tremblait. « C'est elle que je voulais voir. Vous autres, vous ne représentiez rien pour moi. Rien. » Elle a tiré un mouchoir de sa manche et s'est tamponné les coins de la bouche. Elle a répété : « Rien. »

Comme c'est étrange, ai-je pensé tout en cherchant quelque chose à dire, que ce soit précisément miss Morpeth qui dise la vérité sur ses sentiments tandis que nous autres, plus heureux, moins entravés, n'avons jamais trouvé l'occasion de le faire, ou bien nous avons évité de telles occasions de peur d'entendre quelque chose de trop blessant pour notre amour-propre. Je regardais miss Morpeth qui à présent déchirait avec colère le coin de son mouchoir, sa bouche faisait de petits mouvements goulus, et j'ai pensé qu'il était sain d'éviter instinctivement la vérité, car si l'on devait se laisser aller à afficher ainsi son besoin dans toute sa nudité, comment pouvait-on jamais retrouver un semblant d'âge adulte ? Se montrer au monde dans un tel état de trouble m'est apparu si terrible à cet instant que j'ai recommencé à réviser mon évaluation du comportement humain et que j'ai vu de nouvelles vertus dans la dissimulation civilisée. Il faut, quoi qu'il arrive, conserver les apparences. Et tandis que miss Morpeth se remettait lentement, que j'attendais, prudemment, le bon moment pour partir, je me suis juré de ne jamais attirer l'attention sur moi de cette manière, de ne jamais pleurer de détresse. Les yeux secs, je me demandais comment dissimuler mon absence d'émotion. J'ai compris alors qu'il fallait que je voie les Fraser immédiatement, le soir même, car ils avaient le don de ramener ces sentiments difficiles à manier à un niveau de curiosité, de plaisir qui pouvait, même encore, m'inclure.

Quand miss Morpeth a poussé un soupir en enfouissant son mouchoir dans sa manche, je me suis levée, car il était clair que ma présence n'était plus nécessaire, et aussi que ce serait ma dernière visite. Un peu honteuse, je lui ai tendu le petit paquet contenant le foulard que j'avais acheté pour elle : je n'avais pas trouvé les vœux de Noël appropriés pour l'accompagner. Elle m'a fait un signe de remerciement puis elle a eu un petit rire sans aucune gaieté, qui m'a un peu saisie, mais que j'ai compris quand elle est allée vers un chiffonnier et qu'elle a tiré d'un tiroir un paquet à peu près semblable au mien par la forme et par la consistance et qui contenait visiblement un foulard de soie du même genre. En choisissant nos cadeaux de Noël, nous avions manifestement pensé l'une à l'autre de la même façon. Cette idée m'a glacée jusqu'à la moelle.

J'ai descendu l'escalier en courant pour échapper au bruit de la fermeture des verrous et des chaînes et je me suis précipitée hors de l'entrée à l'odeur de renfermé. Dehors, la nuit était légèrement brumeuse, il faisait froid et sec. Il n'était que cinq heures et demie, mais on aurait cru qu'il était assez tard pour aller se coucher. Dans mon impatience à être reliée de nouveau à un type d'existence qui puisse me permettre un destin différent de celui que miss Morpeth prévoyait certainement pour moi, j'ai arrêté un taxi et j'ai demandé au chauffeur de m'emmener à King's Road.

En montant en courant l'escalier des Fraser, je savais

seulement, de façon très imprécise, que je voulais être avec eux, que je voulais leur amitié. Plus encore, j'avais besoin de leur aptitude à vivre, de leur égoïsme — non, ce n'était pas cela : de leur intérêt pour eux-mêmes, de leur appétit ; c'étaient des qualités naturelles et désirables, et je devais apprendre à les cultiver. Ou plutôt je devais apprendre à les acquérir. Je devais être près de ces gens-là. Je devais être comme eux. Ils avaient tout à m'apprendre. Quant à James, je devais essayer d'être ce qu'il trouvait agréable. Ce qu'ils trouvaient tous agréable. Quand je suis arrivée à leur porte mon cœur explosait de toutes ces intentions.

J'ai entendu un bruit étouffé de voix américaines mélodramatiques et c'est Nick qui a ouvert la porte, avec un visage sans expression, encore sous l'effet de ce qu'il avait regardé à la télévision.

Il ne m'a pas reconnue tout de suite, puis son visage s'est éclairé le temps de dire : « Fanny, entre vite. »

Je me suis laissée tomber sur le sofa, derrière Alix et Nick qui avaient rapproché leurs fauteuils de la télévision. Entre eux, sur une petite table, il y avait une énorme boîte de chocolats et leurs mains y plongeaient comme s'ils en avaient été complètement inconscients. La vibration des voix américaines m'arrivait partiellement assourdie par le bruit de papier de chocolat, froissé avant d'être jeté sur la table, un craquement de noix, et par une phrase télégraphique — « Gingembre. Tu veux ? » — qui dénotait pour moi un état de bien-être que je ne pouvais que contempler. Entre leurs têtes, leurs mâchoires actives, je voyais des fragments d'un film en noir et blanc. Une très belle femme en robe du soir sans bretelles disait au revoir à quelqu'un sur la terrasse d'un immeuble. Quand Nick s'est retourné, m'a tendu quelque chose et a dit : « Pâte d'amande », le baiser de l'amant m'est parvenu dans une version mutilée. Puis, quand il a repris sa position, j'ai pu voir que la belle femme, le cœur brisé, visiblement, sortait en courant du restaurant, ou de l'hôtel, ou de je ne sais où, et se précipitait vers une voiture avec un très long capot. Le chauffeur, dont l'uniforme ressemblait à celui d'un général, a ouvert la porte et s'est penché ensuite pour envelopper la passagère dans une couverture de fourrure. Quand la voiture a démarré, j'ai vu le beau visage de la femme, reflétant plusieurs sentiments pénibles, tendu à la fenêtre. C'était apparemment la fin du film, et pourtant j'aurais bien voulu connaître la suite.

Nick et Alix se sont étirés comme s'ils avaient dormi. Nick a éteint le poste, il a allumé la lumière et il a reculé son fauteuil. Alix a dit « Mmm » et a allumé une cigarette. Tous deux avaient l'air abrutis par une sorte de léthargie dominicale qui ne semblait pas m'être accessible. Être avec eux et constater leur satiété était presque aussi bien que d'être comblée moi-même.

« De quoi s'agissait-il ? » ai-je demandé prudemment, car ils avaient l'air muets d'émotion. C'est curieux comme ils étaient toujours sensibles au spectacle de gens riches dans le malheur.

« De la camelote, vraiment », a dit Nick en s'éclaircissant la gorge.

Alix a protesté : « Comment peux-tu dire ça ? Elle l'aimait et elle a renoncé à lui. C'est une affaire grave, à mon avis. Bonjour, Fanny. Tu as l'air d'avoir froid. Si nous prenions un café ? Nick ? Fais chauffer la bouilloire, chéri. »

Dans son admiration pour un renoncement imaginaire auquel elle venait d'assister, Alix paraissait resplendissante de compréhension, de compassion. Je l'ai regardée en me demandant ce qui pouvait bien se passer dans sa tête, quels sentiments, quels désirs personnels y trouvaient leur compte. Quel était son alibi. Mais en repensant à miss Morpeth en train de déchirer son mouchoir avec ce petit geste infantile des doigts, j'ai frissonné intérieurement et j'ai accordé à Alix toutes les circonstances atténuantes qu'elle aurait pu plaider elle-même.

Quand Nick a apporté le café, je l'ai observé discrètement, en lui jetant des regards en biais rapides, et en me demandant comment il s'intégrait dans ce système. La vision que j'avais eue précédemment de lui, celle de l'incarnation du principe mâle idéal et sans peur, parcourant le monde en revendiquant mentalement ou en exerçant son *droit de seigneur* avait subi une certaine modification. Nick m'apparaissait plus passif, sa force se confondait dans celle de sa femme. Son attitude à l'égard de ma prétendue pureté avait été paternaliste, peut-être même teintée de voyeurisme, suffisamment excitante pour ajouter du piquant à mon plaisir général, à une époque malheureusement disparue... Son attitude vis-à-vis de James avait toujours été très calme, comme si après l'avoir fait entrer dans la maisonnée, l'avoir introduit dans le cercle de ses amis, il pouvait se dispenser d'une intervention active et observer simplement les résultats. J'avais remarqué que, malgré tous les efforts qu'il faisait pour charmer au début d'une relation, il était heureux de laisser la suite à Alix. Après les premières approches, il se montrait presque distrait. Ce qu'était sa position présente, je ne parvenais pas à le comprendre. Ce couple idéal était peut-être tellement surhumain dans son accord et sa compréhension que ce qui avait pu se passer aurait dépassé mon entendement. Je les enviais. Je me sentais de nouveau vide, apeurée, mais mentalement je leur tirais mon chapeau. Pour la seule raison qu'ils faisaient ce qu'ils voulaient. N'importe quoi. En utilisant n'importe qui. Je voulais être comme eux. Puis j'ai changé d'avis, mais je me suis rappelé le foulard de soie dans son paquet de Noël, le cadeau de miss Morpeth, et en méditant sur la signification redoutable de notre échange de dons, j'ai décidé d'aller de l'avant, quelles qu'en soient les conséquences.

Mais il était clair qu'il n'y aurait pas de suites ce jour-là. Ils étaient tous deux calmés par le terrible choc émotionnel que leur avait causé la vue de cette femme aux épaules nues qui fuyait l'homme qu'elle aimait, et ils ont bu leur café presque sans un mot, en contemplant encore l'écran vide. Puis Alix a dit encore une fois « Mmm », et elle a reculé son fauteuil.

J'ai essayé d'être de la même humeur qu'eux, ou d'une humeur que j'imaginais supportable.

J'ai demandé légèrement : « Où est James ? Toujours avec sa maman ? Pauvre James. »

« En fait, Honor Anstey est une femme *extrêmement* bien, a dit Alix. Extrêmement bien. Je lui suis très attachée. Oui, il dîne avec elle ce soir. »

J'ai eu un coup au cœur en apprenant que James avait présenté sa mère à Alix. Je ne l'avais jamais rencontrée. Et pourtant Alix lui était déjà très attachée, ou le prétendait. J'ai considéré le champ de ses possibilités, et puis les miennes. J'ai senti revenir une ancienne détermination, bien que tout ce que j'aie appris ce jour-là ait été décourageant. C'était peut-être ce qui me rendait raide. Si, comme je le pensais, Alix avait obtenu ce qu'elle voulait — et j'avais peur d'imaginer de façon précise ce que c'était — alors pourquoi ne serait-ce pas mon tour ? Et j'ai pensé à la maison de Plaxtol qui nous attendait.

Soudain Alix a crié : « Nick ! Comment as-tu pu ! »

Elle montrait du doigt la boîte de chocolats aux trois quarts vide, entourée de papiers tire-bouchonnés. « Comment as-tu pu me laisser manger toutes ces choses horriblement grossissantes ? »

Il l'a regardée en souriant, le sourire du chasseur qui a bien mangé lui aussi.

« Comment as-tu pu ? Tu sais que j'essaie de maigrir. » Elle s'est levée en chassant de sa jupe quelques fragments de cellophane qui sont tombés sur le tapis et a mis ses mains à sa taille. « J'ai dû prendre des kilos. Comment as-tu pu, Nick ? » Elle s'est approchée de son fauteuil et s'est penchée sur lui. Lui, les jambes étendues, a levé la tête vers elle, vers son visage boudeur, sa colère feinte, et a souri de son sourire paresseux.

« Nick, ai-je dit timidement. Je pense que vous devriez téléphoner à miss Morpeth. Elle n'est pas bien du tout. Elle ne peut pas aller en Australie parce qu'elle a quelque chose au cœur. Je crois qu'elle va être seule pour Noël. Comme elle en a assez de moi, je ne peux rien faire. Si vous trouviez le temps de lui téléphoner ? »

« Mon Dieu », a murmuré Alix.

Nick a protesté en riant : « Chérie, chérie, ne t'inquiète pas. Je ne l'inviterai pas ici. »

Il s'est levé et m'a fait face, le bras autour de la taille d'Alix. « Entendu, Fanny. Je ferai quelque chose. Merci pour le message. »

Manifestement, et pour la seconde fois dans l'après-midi, on m'indiquait que je devais m'en aller.

J'étais troublée et démoralisée. Je me suis dirigée vers la porte, engoncée dans mon manteau que je n'avais pas quitté et j'ai pensé aux mains sur la taille d'Alix. Je leur ai dit : « Alors à demain », toujours très gaiement. Ils ont souri et ont dit : « C'est ça, c'est ça », comme s'ils n'y prêtaient aucune attention. Le dîner du lendemain soir avait perdu toute signification pour eux, ils ne pensaient qu'à se retrouver seuls.

Quand la porte s'est refermée derrière moi, je suis restée un instant dans l'escalier ; je ne voulais pas partir. Puis la crainte qu'ils puissent me trouver encore là et qu'ils imaginent que j'écoutais m'a fait descendre vite et furtivement, comme si j'étais effectivement coupable d'écouter aux portes. L'idée ne m'est pas venue que ma façon d'agir ou de penser était surprenante. Tout ce que je savais, c'était que la détermination que j'avais ressentie plus tôt dans l'après-midi avait subi une sorte de fragmentation, et que j'étais dans un état de désarroi si semblable à une maladie que je commençais à me demander si j'allais durer assez longtemps pour résoudre quoi que ce soit. J'avais l'impression d'être menacée dans ma propre substance ; la force de la volonté des autres était sur le point de briser la mienne. Si j'étais allée tout droit chez moi après ma visite à miss Morpeth, tout se serait peut-être bien passé. J'aurais recollé les morceaux d'une manière ou d'une autre ; j'aurais exercé de nouveau mon autonomie. J'aurais même pu commencer à écrire l'histoire dans laquelle elle devait figurer avec le docteur Leventhal. Mais, comme par instinct, j'avais couru chercher l'antidote à cette expérience désolante, parce que c'est ce que font les gens dans la vie réelle. Ou du moins je le croyais. Et tout ce que j'avais découvert, c'était que j'étais davantage paralysée par le spectacle du bonheur normal, non, même pas cela, de la satisfaction normale, que par celui de la privation, du désespoir et de la résignation. Car il y a quelque chose de repoussant dans le spectacle du malheur d'un autre dans sa nudité ; il n'encourage pas l'amitié. On le fuit.

Il existe pourtant une solitude particulière qui provient de la contemplation du contraire, notamment quand il s'étale aussi négligemment. J'ai traversé le parc dans l'obscurité, moins effrayée par le vide autour de moi que par le vide en moi. Edgware Road était déserte, à l'exception de quelques Indiens tristes dans l'un des supermarchés. Les uniformes d'infirmières avaient une allure spectrale dans la lumière crue. Je me suis demandé ce que je pourrais bien faire avant d'aller me coucher, puis je me suis rendu compte que je pouvais me coucher immédiatement si je voulais. Il est vrai que je ressentais déjà une curieuse lourdeur, comme celle du sommeil. En arrivant chez moi, j'ai crié à Nancy que je ne voulais pas dîner, j'ai enlevé mon manteau et je suis allée dans ma chambre. Elle m'a paru très calme. Au bout de quelques minutes, j'ai entendu le frottement des pantoufles de Nancy dans le corridor ; la porte s'est ouverte, et j'ai senti sa petite main sèche sur mon front, comme je l'avais si souvent sentie dans mon enfance. Je lui ai dit : « Je vais très bien, Nan », comme je le disais toujours en ce temps-là. J'ai senti qu'elle s'en retournait, plus que je ne l'ai entendue. J'étais si fatiguée que je pouvais à peine attendre de me déshabiller. Puis je me suis effondrée dans mon lit et je me suis endormie.

CHAPITRE DIX

Ce que j'avais oublié, tant cette soirée m'avait occupé l'esprit, c'était que lundi était le dernier jour d'ouverture de la bibliothèque avant les vacances de Noël, et qu'en fait elle fermerait à midi, ainsi que tout l'Institut.

Nous avons passé la matinée à faire le classement que nous avions un peu négligé. Mrs. Halloran a livré un combat sans espoir pour défendre les piles de documents qu'elle tenait à garder autour d'elle comme une barricade. Quand je les lui ai retirées, elle a sorti de son sac une bouteille de liqueur au gingembre et un paquet de biscuits au chocolat. Elle a saisi avec entrain nos tasses Mickey, les a remplies de liqueur en s'éclaboussant et nous les a tendues. Pour lui faire honneur, Olivia a bu avec une expression de plaisir tranquille ; c'est un de ses talents cachés de pouvoir manger et boire n'importe quoi. Je n'ai pas cette chance, mais j'ai dégusté très ostensiblement en poussant des exclamations de satisfaction. J'ai dû en faire un peu trop car j'ai vu que Mrs. Halloran fixait sur moi un regard extrêmement sceptique. Après cela je pouvais difficilement me plaindre qu'elle ait laissé quelques miettes sur une gravure assez révoltante représentant une scène du *Malade imaginaire* de Molière, où deux médecins en chapeau de curé brandissaient une seringue de la taille d'une mitrailleuse. Le grand événement de la matinée fut l'arrivée du docteur Simek portant deux bouquets d'anémones, un pour Olivia et un pour moi. Mrs. Halloran était ravie de le voir et elle lui a offert le fond de liqueur de gingembre, dont il restait un doigt, dans un petit pot de verre dont miss Morpeth se servait pour y mettre des crayons. En murmurant « Très aimable », le docteur Simek a levé le pot d'une main parcheminée, a rejeté la tête en arrière et a fait cul sec. Puis il a incliné la tête, a posé le pot sur la table, s'est avancé vers Mrs. Halloran et lui a baisé la main. Pour ne pas être en reste, elle s'est levée, elle l'a pris dans ses bras, elle l'a embrassé sur les deux joues et elle est retombée sur sa chaise en inclinant la bouteille ; s'étant assurée qu'elle était vraiment vide elle l'a lancée vers la corbeille à papier métallique. Alerté par le tintamarre, le docteur Leventhal est apparu à la porte. Ayant jugé la situation, il a déclaré : « Je crois que nous pouvons commencer à nous en aller. Nous serons heureux de vous revoir tous les deux avec la nouvelle année. »

« Tous mes vœux, les enfants », a crié Mrs. Halloran avec une voix désolée. La déclaration du docteur Leventhal semblait lui avoir ôté toute sa combativité. J'imaginais Noël dans un petit hôtel de South Kensington : le sapin minuscule, les chapeaux de papier, les portions de dinde au four à micro-ondes et les énormes rasades d'alcool devant le bar. Olivia et moi nous nous sommes regardées et elle m'a fait un signe de tête. J'ai pris dans le tiroir de mon bureau les deux agendas du Metropolitan Museum qu'elle avait commandés et que j'avais enveloppés, et je les ai donnés à nos visiteurs. Je voyais bien que ni l'un ni l'autre n'avait l'usage d'un agenda, mais les images étaient jolies. Le docteur Leventhal avait déjà reçu le calendrier le plus cher que j'avais pu trouver : des reproductions d'oiseaux d'Audubon ; Olivia avait jugé qu'on pouvait difficilement y trouver à redire, tandis que celui de l'année dernière, qui contenait des agrandissements de cartes de John Speed, avait plutôt raté son effet. Chacun s'est déclaré ravi : le docteur Simek a incliné la tête et Mrs. Halloran a commencé à s'attendrir, ce que nous redoutions tous, bien que nous ne comprenions pas comment elle pouvait y arriver à propos d'un agenda. Elle a proclamé avec une ardeur renouvelée : « Tout ce que vous souhaitez vous-mêmes, les enfants », en fourrant l'agenda dans son sac de raphia qui a émis un tintement. « Tous mes vœux, Joe. » En l'aidant à mettre sa cape, je me suis soudain demandé si elle s'adressait au docteur Simek ou au docteur Leventhal, qui s'appellent tous les deux Joseph. Le docteur Leventhal a résolu la question en se retirant dans son bureau, laissant le docteur Simek escorter Mrs. Halloran jusque dans la rue. Elle nous a crié de la porte : « Qu'est-ce que vous dites d'un super Noël, les enfants ? » Puis, prenant le bras du docteur Simek, elle l'a entraîné hors de la pièce en nous lançant un regard égrillard.

C'est extraordinaire comme tout le monde est convaincu que nous sommes complètement inexpérimentées. Ce doit être à cause de notre air.

J'ai accompagné Olivia chez elle à Bryanston Square et j'ai déjeuné avec elle. J'avais vraiment trop de temps à perdre avant le soir et je ne voulais pas passer l'après-midi toute seule. Comme tous les autres étaient partis, nous avons mangé des haricots sur des toasts et quelques pommes ; puis nous avons emporté notre café dans leur salon couleur tabac où les fenêtres étaient toujours hermétiquement fermées et où les rideaux sentaient le cigare, et nous nous sommes assises chacune à un bout du sofa. Nous étions des personnes d'habitudes et cette interruption dans notre routine quotidienne n'était pas tout à fait agréable. Je lui ai rappelé que nous pouvions faire ce que nous voulions : « Nous pouvons regarder la télévision si nous voulons. » Mais en fait nous n'en avions pas envie. Olivia, qui était fatiguée, a dit qu'elle irait s'étendre et lire une heure ou deux, et j'ai décidé de rentrer à pied et d'essayer de faire la même chose. Réminiscences de notre enfance, où nous devions toujours nous reposer avant une fête... Je lui ai demandé comment je devais m'habiller pour la soirée et elle a pensé que ma robe grise à col blanc irait très bien. C'est une robe assez classique, mais elle est serrée à la taille avec une jupe ample et elle me va en effet très bien. Elle m'a rappelé que je devais venir les voir le jour des cadeaux, comme d'habitude, et m'a demandé si je voulais que David aille me chercher en voiture. Avec sa délicatesse habituelle elle n'a pas parlé du jour de Noël lui-même, ayant retenu d'une conversation précédente que j'avais d'autres projets. Elle n'a pas parlé non plus de la maison de Plaxtol ; elle serait pourtant bien forcée de me demander à un moment quelconque si j'avais l'intention d'y aller, de manière à pouvoir dire à la dame du village qui faisait le ménage de me laisser une clef.

Je n'avais pas vraiment envie de la quitter, tout en sachant qu'elle voulait absolument dormir, et je me suis donc dirigée vers la porte sans hâte, à contrecœur. Je me préparais à commencer mon long après-midi seule. Leur appartement était silencieux et la somnolence semblait s'installer dans l'air qui s'obscurcissait. En fait, leur appartement est toujours dans la torpeur ; il ne revient à la vie que grâce à la présence remuante de la mère d'Olivia, avec ses sacs et ses sacoches pleins de procès-verbaux de délibérations, d'ordres du jour et de notes diverses. C'est le genre de femme qui ne prend jamais la peine d'ôter son manteau parce qu'elle doit toujours ressortir immédiatement, et elle a pour habitude de continuer une conversation qu'elle a eue avec quelqu'un d'autre, comme si elle s'attendait à ce que son mari et ses enfants soient instantanément sur la même longueur d'ondes pour lui répondre. Elle est véritablement abasourdie quand ils lui disent qu'ils ne savent pas de quoi elle parle. Ils l'aiment profondément et n'ont pour elle aucune indulgence ; elle s'est habituée à se faire dire de fermer la porte derrière elle, de ranger ses affaires. « Allons, Maman, crie David. En rang. » Le dimanche, le seul jour où elle est là pour le déjeuner, elle regarde autour d'elle d'un air de triomphe heureux, quêtant l'approbation, car non seulement elle a ôté son manteau, mais en plus elle a débarrassé le sofa de ses papiers et elle est prête à écouter et à ce qu'on l'écoute. Ces dimanches après-midi que j'ai passés de temps à autre avec les Benedict sont pour moi la révélation du bonheur familial Ils parlent tous, ce qui me stupéfie toujours un peu, jusqu'à ce que la chaleur de la cheminée et la tranquillité de l'après-midi les calment et que la conversation décroisse jusqu'aux murmures. Je les ai vus tous assis, chacun avec son livre, chacun se nourrissant d'une histoire différente, mais très puissamment ensemble. Finalement, le père d'Olivia prépare le thé, et après cela la mère d'Olivia a un soupir de plaisir et de tristesse avant de dire : « J'oublie toujours combien j'aime les dimanches. Comme c'était bien. » Moins d'une demi-heure plus tard ils l'entendent téléphoner à des collègues — de longues conversations compliquées — et la semaine a déjà commencé.

Je l'aime, parce qu'une fois, une seule fois, les jours derniers, elle m'a pris le visage dans les mains et elle m'a dit : « Quoi qu'il arrive — et ça arrivera, Frances — tu ne seras jamais seule tant que nous serons là. » Puis elle m'a tapoté la joue, elle a pris son porte-documents et elle a filé à une réunion. Elle trouvait ma présence chez eux tout à fait normale et souhaitait probablement, comme l'avait souhaité ma mère, que j'épouse David, ainsi je pourrais être là tout le temps. C'était une question à laquelle j'avais peu pensé, non pas parce que je n'aimais pas David, qui était un homme doux et ressemblait à son père, mais parce qu'il me semblait qu'il n'y avait aucune urgence. J'avais la sensation confortable que David attendrait que je me décide ; il ne me pousserait pas, ne me ferait pas officiellement la cour, il finirait simplement par me faire une demande gentille. Je l'avais oublié récemment et je me sentais un peu coupable ; c'était un homme trop sensé pour que je le blesse, mais j'aurais voulu apporter quelque chose de positif à leur famille pour Noël. Simplement j'avais la tête trop pleine de mon aventure récente et de la façon triste et déroutante dont elle évoluait pour me prêter à cette idée. En pensant à James, j'ai soupiré, et j'ai su que ma contribution ne serait pas pour cette année ni même pour l'année suivante. J'ai su, d'une manière inéluctable, que je voudrais toujours savoir ce que devenait James, comment il allait, où il était, ce qu'il faisait. Si c'était de l'amour, ce n'était pas arrivé quand nous étions ensemble, mais cela s'était révélé très officieusement alors que nous étions loin l'un de l'autre. Et cela avait ébranlé mon unité ancienne, m'avait fait projeter, combiner, et tenter de manipuler les événements, avait fait de moi une guetteuse, une étrangère. Pourtant il m'arrivait encore d'être résolue, par intermittence ; je saisissais encore toutes les occasions de me battre ; je refusais d'admettre la défaite. J'aurais seulement voulu que tout se passe autrement. J'aurais voulu que les choses soient plus claires. J'aurais voulu qu'il n'y ait pas de dissimulation, pas de mystère, pas de... dégâts. J'aurais voulu faire la connaissance de la mère de James, et que lui rencontre les Benedict, chez moi. J'aurais voulu la simplicité, la spontanéité, l'approbation. L'approbation, surtout, l'encouragement de mes amis. J'aurais voulu être encore une fois la jeune fille de la maison.

À la porte, je me suis tournée vers Olivia et je lui ai dit : « Tu es sûre que la robe grise n'est pas trop simple ? » Elle m'a répondu qu'elle m'allait parfaitement et qu'il valait mieux me décider pour une tenue dans laquelle je me sentais bien plutôt que de passer tout l'après-midi à essayer des choses que je ne prendrais pas. J'ai approuvé, mais mon sourire ne devait pas être enthousiaste car elle a pris un air très décidé et sévère : « Franchissez toutes les montagnes, les enfants. » Elle avait assez bien imité Mrs. Halloran. « Rêvez le rêve impossible. » Puis nous nous sommes regardées et je lui ai dit : « Alors d'accord », et elle a dit : « Bien », et je suis partie en me sentant un peu soulagée.

Je suis rentrée à pied en essayant de faire traîner l'après-midi. Noël était dans trois jours, le jeudi, mais on avait l'impression que tout le monde avait déjà arrêté de travailler. J'ai toujours détesté cette inaction, les rues vides et la désolation de Noël. J'exécrais la frénésie des gens dans les supermarchés, de ceux qui achètent une demi-douzaine de pains, et les fins de fêtes de bureau où des filles s'accrochent ensemble sur le trottoir en gloussant et en rajustant la bride de leurs sandales du soir. J'exécrais les hommes qui hurlent devant les bars ; j'exécrais les voitures qui emportent des caisses d'alcool ; j'exécrais les vitrines, particulièrement dans Edgware Road, où le comble du cynisme consistait à mettre une branche de guì au corsage de la même infirmière en cire, vêtue de la même blouse et du même bonnet de nylon blanc qu'elle portait depuis six mois, où les mêmes guirlandes d'ampoules de couleur, fatiguées, clignotaient dans la vitrine de plats cuisinés asiatiques et du magasin de location de télévisions. Par-dessus tout j'exécrais la laverie automatique. Le jour de Noël, Nancy servait un vrai repas de Noël, et nous mangions dans la salle à manger. Après avoir regardé la reine à la télévision, c'était le moment où elle allait se reposer dans sa chambre jusque tard dans l'après-midi, puis elle me rejoignait pour le thé et le gâteau de Noël. Pendant qu'elle se reposait, je sortais prendre l'air ; j'en avais besoin car ce jour-là je trouvais le décor de ma vie oppressant. C'est pendant une de ces promenades, quand le silence était tel que j'entendais le bruit de mes talons résonner sur le trottoir, que je suis passée devant la laverie et qu'à travers la vitrine embuée j'ai vu trois hommes et une femme, très bien habillés, qui en étaient réduits à passer leur journée de cette façon et à trouver la seule compagnie du désespoir des autres.

Jamais je ne voulais revoir ça.

Nous n'avions passé que deux Noël seules ensemble, Nancy et moi. L'un avait été immédiatement après la mort de ma mère, et nous avions fait comme s'il n'existait pas, trop conscientes l'une et l'autre de la présence de sa chambre, de la porte fermée pour toujours, du lit encore dégarni et du vide éternel qui y régnait. L'année dernière, nous avions un peu mieux fait et tout s'était bien passé jusqu'à cette fameuse promenade. J'ai vu, à travers les vitrines éclairées, toutes sortes de réjouissances bruyantes que j'avais terriblement envie de partager, et puis, à la fin de ma promenade, j'ai vu cette laverie et ses occupants désespérés et respectables.

La journée était gâchée. Je n'ai pas pu attendre que Nancy se retire pour regarder la télévision et je suis même allée dans la salle de bains de ma mère prendre dans son armoire deux somnifères. Je n'en avais pas besoin ; je voulais simplement tuer le reste de la journée. Et puis je voulais passer le jour des cadeaux, en finir, retourner travailler et ne plus jamais avoir à penser à Noël.

Cette année, naturellement, avait promis d'être différente. C'était à la fin du printemps que je m'étais liée d'amitié avec les Fraser et j'avais si souvent dîné avec eux que j'avais réussi à me libérer de la camisole de force que les désirs de Nancy semblaient m'imposer. Et après les vacances d'été, à Plaxtol, j'étais revenue à la fois à la bibliothèque et aux Fraser. À l'époque de l'année où Noël est la prochaine chose à attendre j'avais commencé à connaître James. Ou peut-être à ne pas le connaître.

Je voulais que cette année soit différente. Je voulais qu'elle soit décisive. Même si les événements des deux derniers mois avaient été flous, même si je les comprenais mal, je voulais que quelque chose se décide, et se décide en ma faveur. Je voulais retrouver cette amitié, et avec elle la promesse de plus encore. Je voulais que tout se passe bien ; je voulais me voir dans les glaces, dans les vitrines, telle que je m'étais vue sur la photo que Nick avait prise le jour où nous étions tous allés à Bray en voiture. Je voulais pour moi un avenir totalement différent du passé, et je voulais que cet avenir comprenne non seulement James mais aussi Nick et Alix. Je voulais que nous soyons quatre une fois de plus, mais dans ces quatre je voulais que l'on nous considère James et moi comme un couple. Il ne me semblait pas que c'était trop demander. Je n'avais fait de mal à personne ; je n'avais rien réclamé. Je n'avais fait aucun reproche, je n'avais rien dit de méchant ni d'irréparable. Ce qui se passe, me disais-je, c'est que je suis un peu fatiguée, et que je suis devenue trop sensible à des variations d'attitude qui ne sont peut-être même pas intentionnelles. Mais ça allait changer. Il me suffisait de prendre sur moi, d'avoir du tact et de la désinvolture (oui, de la désinvolture, c'était essentiel) et tous ces malentendus se dissiperaient comme les brumes matinales au début d'une journée splendide.

J'ai pris un bain puis, toute nette dans ma robe grise, je me suis approchée de la glace pour voir de quoi j'avais l'air. J'avais l'air... bizarre. En fait j'avais l'air assez chic mais plutôt laide : pas un cheveu ne dépassait (ça m'arrivait rarement), mes yeux ronds observaient. J'avais accepté mon apparence depuis que j'avais décidé que je ne pouvais m'en tirer que par le style ; et elle ne me plaisait plus. J'ai trouvé que je ressemblais à une petite fille espiègle de l'époque victorienne. Je me suis dirigée vers l'armoire pour chercher quelque chose de plus intéressant à porter et en tournant la tête vers la glace j'y ai vu une image plus flatteuse de moi-même, une taille fine, un long dos, une jupe large qui m'avantageait. Et il se faisait tard, alors j'ai respiré un grand coup et j'ai essayé de prendre un air plus intéressant ; je me suis forcée à avoir une expression plus douce, moins critique.

Je n'aimais plus cette pièce où tout s'était si mal passé. J'ai pris une lime pour m'arranger un ongle abîmé et j'ai essayé de m'appliquer, mais je tremblais et la lime dérapait. Je me suis dit que rien ne m'obligeait à rester dans cette pièce ; après tout il y avait trois autres chambres. Nancy est arrivée en trottinant avec des draps propres, et brusquement je lui ai dit : « Ne change pas les draps, Nancy. Je crois que je vais m'installer dans l'une des autres chambres. Je déciderai demain. » Demain serait un jour de décisions. Et avant qu'elle ne commence à se tracasser, j'ai pris mon manteau, je lui ai dit au revoir en l'embrassant et je suis sortie.

Dans les rues, c'était le moment de la dispersion pour ceux qui avaient fait une fête au bureau : des grappes de filles tanguaient d'hilarité, de jeunes futurs directeurs un peu éméchés et fanfarons se groupaient pour résister aux assauts de leurs secrétaires. Je me suis faufilée prudemment à travers ces bandes de gens qui traînaient partout sur les trottoirs et j'ai dépassé le plus gros de la foule, j'ai traversé Marble Arch et je suis enfin arrivée dans le parc. Le temps s'était de nouveau radouci, comme il arrive souvent juste avant Noël, et il y avait de la pluie dans l'air. C'était le genre de temps qui vous donne envie de marcher des kilomètres et je me demandais si je serais raccompagnée chez moi à travers le parc, tard le soir. Je ne pensais pas au-delà, mais tout au fond, sous ma réserve et mon expression soigneusement contrôlée, s'agitait beaucoup d'espoir.

Durant ce trajet que je connaissais si bien, j'ai commencé à y voir plus clair et plus calmement. J'ai décidé que malgré ce qui était arrivé — et je ne savais ni ne comprenais toujours pas ce qui s'était passé — je ferais comme si tout était normal, ordinaire, clair. J'essayais de me redonner du courage en pensant que je n'avais pas laissé voir que j'étais blessée, pas dit un mot de reproche, que je ne m'étais confiée à personne. J'ai pensé que je devais simplement espérer envers et contre tout que la grande affaire de ma vie résisterait aux événements étranges qui avaient paru la détourner de son cours. J'ai pris toutes sortes de résolutions sensées : je serais gaie, aimable et directe, et si à un moment quelconque je soupçonnais une méchanceté je poserais tout naturellement des questions, je demanderais une explication. J'avais été trop subtile. J'avais essayé de comprendre toute seule sans m'adresser aux autres pour connaître la vérité. J'en avais fait une question d'amour-propre et je m'étais conduite comme si rien ne clochait. J'avais probablement été d'une suffisance insupportable ; rien d'étonnant à ce que mes amis m'aient trouvée ennuyeuse et décevante. J'ai décidé de changer tout ça. Quand je suis arrivée sous les lumières de Knightsbridge, je souriais, bien assurée dans ma nouvelle résolution.

Je savais que je devais être insouciante et j'ai encore égayé mon sourire avant même de sonner à la porte des Fraser. En fait, la porte était ouverte. « Ici, a crié Alix. Dans la chambre. » Toujours souriante je suis allée dans la chambre pour trouver Nick et James en conclave, debout derrière Alix, tous trois faisant face à la glace de la coiffeuse. « Décidément, c'est relevé », a dit James, parlant de l'éternelle question de ses cheveux. Comme je lui avais acheté des peignes d'écaille anciens pour Noël, j'ai renchéri. Elle a tourné la tête d'un côté et de l'autre, en lissant les mèches sur sa nuque, elle a cambré le dos et a dit : « Mmm, qu'est-ce que tu en penses, Nick ? » J'ai vu qu'elle portait une robe de jersey noir très ajustée, décolletée devant et je lui ai dit : « Mon Dieu que tu es élégante ! » Mais elle continuait à tourner la tête d'un côté et de l'autre d'un air critique et il n'y avait apparemment aucun moyen d'attirer l'attention de quiconque avant que cet examen ait suivi son cours naturel. James et Nick étaient aussi sérieux que s'ils discutaient d'un cas grave ; tous trois de front, leurs visages fixant la glace, il me restait à jeter des coups d'œil timides, en m'adressant à leurs dos. « Tu sais ce que j'en pense, chérie », a murmuré Nick, et après une minute d'hésitation elle a soudain arraché les épingles et libéré ses cheveux. « Tu as raison. Ça ne m'est jamais allé. » James et moi avons assuré en chœur : « Oh, mais si. » « Non, non, a-t-elle dit en se brossant vigoureusement. Mon mari a toujours raison. » Elle lui a souri et a eu son rire de gorge. Par ce seul signe elle semblait faire allusion à des domaines secrets, tout en réaffirmant le lien exclusif qu'elle avait avec son mari.

J'avais toujours su qu'Alix avait des dons peu communs, mais je ne les avais jamais vus s'exercer jusque-là. Avec une petite concession sur un point insignifiant, elle avait réussi à effacer de notre esprit l'idée de transgression et reconstitué l'image de Nick et d'elle-même en couple parfait. Je voyais pourtant à la façon dont James la suivait des yeux que malgré ce petit numéro, ou plus exactement à cause de lui, il quêtait son approbation. Dans sa robe noire collante, elle paraissait plus âgée, plus puissante ; sa silhouette paraissait plus opulente, réduisant encore davantage mon assurance faiblissante. Irréprochable et amoindrie dans ma robe grise, je n'attirais l'œil de personne. Et moi, suppliais-je en silence, et moi... ?

C'était vraiment comme s'il n'y avait eu qu'eux trois, et en les suivant dans l'escalier je me suis sentie en quelque sorte surclassée. Je souriais toujours gaiement mais pour moi seule ; tous les trois semblaient se mouvoir comme s'ils ne faisaient qu'un, tous grands, tous beaux, physiquement coordonnés. Je ne me suis permis aucun jugement, mais je sentais la rage et la terreur s'accumuler et j'ai dû faire un effort pour repousser ces émotions. Ça m'a rendue très silencieuse, mais comme personne ne me parlait, ni pour me poser une question ni même pour faire une remarque, mon silence est passé inaperçu. Il y avait peut-être un accord tacite pour ne pas faire attention à moi. C'est dans ces conditions, mais vigilante et circonspecte comme un animal, que je me suis assise avec eux à leur table préférée.

Maria était déjà là, elle aussi très habillée, en pantalon de satin et blouse blanche à volants. Elle est venue vers nous sans se presser, presque en se pavanant, parmi la foule, et a donné à Alix une grande claque dans le dos : « Affreuse ! tu m'avais dit que tu me téléphonerais cet après-midi », et très vite elles se sont mises à se disputer pour savoir qui avait manqué à sa parole. J'avais toujours trouvé Maria un peu gênante : sa voix basse, rauque, et sa présence hautaine me mettaient mal à l'aise sans que je puisse dire pourquoi. Mais elle avait toujours été très gentille, et si je trouvais ses prises de bec perpétuelles avec Alix un peu grossières, je reconnaissais qu'elles avaient en commun une audace avec laquelle je ne pouvais pas rivaliser. À l'époque où j'étais heureuse je m'étais complue à penser que j'attirais précisément parce que je ne dépassais jamais les bornes, parce que je n'étais jamais inquiétante en public. Je le pensais encore, même en ce moment.

Pendant le dîner, je me suis rendu compte que j'essayais sans succès de placer des commentaires, et que j'étais réduite à des exclamations telles que : « Vraiment ? » ou « Tu ne m'étonnes pas », qui n'atteignaient même pas leur but. Comme il m'était arrivé une fois, avec James : je n'avais pas bien saisi de quoi il était question. Il semblait y avoir une discussion entre Alix et Maria, mi-pour de bon mi-pour rire, et les deux hommes la suivaient, captivés. Comme il s'agissait de quelque chose qui s'était passé quand je n'étais pas là, je ne pouvais ni m'en mêler ni comprendre de quoi on parlait, et mes exclamations souriantes me paraissaient ridicules, même pour moi. Je me suis complètement tue. J'ai regardé James et j'ai vu qu'il s'amusait ; il avait le visage très coloré, et alors qu'il était assis à côté de moi il me tournait à demi le dos, comme pour être face à Maria. L'idée qu'il ne supportait même pas de me regarder était tellement horrible que je n'ai pas pensé un instant qu'il était tout à fait grossier. De toute façon, la grossièreté n'était-elle pas une notion niaise et dépassée au milieu de cette assemblée avide, dont les yeux brillaient de moquerie et de plaisir. Leur conversation extraordinaire était devenue si allusive que j'ai eu une vague sensation de cauchemar, comme si cela ne pouvait arriver que dans un mauvais rêve.

Maria a donné à Nick une grande claque dans le dos et lui a dit, ou plutôt crié : « Comment tu supportes cette garce ? »

Alix a riposté : « Sois gentille avec moi. Tout le monde doit être gentil avec moi ce soir. »

Pour dire quelque chose, j'ai demandé : « Pourquoi ? »

Elle a poussé un soupir dramatique, elle a penché la tête sur le côté, elle a baissé les paupières et a murmuré tristement : « Parce que je suis sortie de mon rang. »

Elles se sont écroulées de rire et James et Nick ont fait chorus. « Elle est sortie de son rang », et ils se sont penchés tous les deux pour l'embrasser. Nick a gardé son bras autour d'elle, et elle l'a regardé, les yeux étincelants. « Attention, a dit Maria, Noël a commencé, mais pas ici, s'il vous plaît. » Elle criait en levant les bras. « Vous embarrassez Fanny. » Et ils ont encore ri, tous. Et moi, bien entendu, j'ai souri.

À d'autres tables, des gens se retournaient, nous adressaient des sourires, secouaient la tête avec une indulgence amusée pour ces singeries. Il faisait très chaud et l'atmosphère était surexcitée. Alix a allumé une cigarette. Mais Maria a crié : « Pas encore, pas encore.

Pas avant le pudding. » À ce moment-là un serveur s'est approché de notre table avec une gigantesque construction essentiellement composée de crème fouettée d'après ce que j'ai pu voir. Il y a eu un hurlement de joie et Maria a saisi une cuillère pour distribuer d'énormes portions dans nos assiettes. La vue de cette masse jaune et blanche m'a provoqué une brève nausée, mais les autres poussaient des exclamations de plaisir et bientôt le mélange sucré qui se liquéfiait a été attaqué, dévoré. « Encore, encore », a crié Maria en entassant des cuillerées sur mon assiette sans tenir compte de mes protestations. « Encore, encore », et elle s'est penchée sur James qui riait et lui a dit : « Encore, chéri. Je veux que tu sois fort ce soir. Encore. »

J'ai contemplé la crème jaune dans mon assiette et j'ai mis toute ma volonté à ne pas laisser voir mon trouble. Quand j'ai relevé la tête, j'ai regardé Alix et Nick calmement, et même en souriant. Naturellement, ils m'observaient. J'ai dit : « C'était délicieux, mais je ne peux vraiment plus rien avaler. » Puis j'ai tourné la tête et j'ai regardé Maria, enfiévrée, qui riait. Enfin, quand je m'en suis sentie capable, j'ai regardé James. Il avait les yeux fixés sur Maria et son visage était bête de désir.

« Mmm », a dit Alix qui semblait un peu frustrée de la situation « intéressante » qu'elle avait prévue ou même combinée, je ne le saurais jamais. Je n'y ferais plus jamais allusion. Je sentais que si je faisais une scène ils pourraient me consoler. L'ennui avec la bonne education, c'est que les gens sont persuadés que vous allez bien, que vous n'avez pas besoin de protection, que vous êtes parfaitement capable de vous débrouiller tout seul. Et certaines personnes prennent votre impassibilité pour une insulte calculée, comme Alix semblait la prendre à cet instant. Pourtant j'ai souri.

Les visages en face de moi me paraissaient enfiévrés, cupides, corrompus, gorgés de sucreries et de vin, annonciateurs de danger. La fumée tourbillonnait dans l'air chaud et des cendres tombaient dans les assiettes sans qu'on y prenne garde. Alix a écrasé sa cigarette dans les restes de crème jaune et a barbouillé sa grande bouche de rouge. Nick l'a entourée de son bras. Je n'ai pas osé regarder James. Il faisait très chaud et j'ai compris qu'il fallait que je m'en aille vite, mais que je ne devais pas montrer ma précipitation.

« Mmm, a répété Alix, je crois qu'il vaut mieux s'en aller. » J'ai pris mon sac et j'ai insisté, en souriant, pour payer la note. De toute façon, c'était mon dernier repas dans cet endroit. Alix a dit : « Je suppose qu'il vaut mieux laisser ces deux-là ensemble. » Mais j'ai continué à sourire.

Elle m'a demandé : « Qu'est-ce que tu fais pour Noël, Fanny ? »

Très calmement, parce que j'étais à présent dans un tel état de terreur qu'il me semblait que rien ne pourrait arriver de pire, j'ai répondu : « Je crois que j'irai voir Olivia.

— Je préfère que ce soit toi que moi.

— Je ne comprends pas. » J'avais parlé sur le ton de la question, en relevant poliment la tête.

« Eh bien... ça ne doit pas être très gai, si ?

— Pourquoi ?

— Mais... elle est infirme.

— Physiquement seulement. » Et j'ai dû parler assez fort car il y a eu un court silence.

Après cela, il était manifeste que la soirée était terminée. Ils se sont étirés, ils ont mis leurs manteaux ; je les ai précédés à la porte mais j'ai fait comme si j'étais encore avec eux, question d'amour-propre. Je ne me suis pas retournée. Je suis simplement sortie sur le trottoir et, toujours souriante, avec un geste rapide de la main, je me suis éloignée d'eux et j'ai commencé à descendre la rue.

CHAPITRE ONZE

Et puis j'ai été seule, dans la rue qui se vidait, avec l'obscurité de la nuit pour me cacher.

J'ai conservé ma démarche légère et j'avais toujours le sourire aux lèvres. Aussi longtemps que j'ai pensé que Nick et Alix pourraient avoir l'idée de me raccompagner chez moi en voiture, j'ai avancé en flânant, en prenant un air amusé et nonchalant, comme si j'avais assisté à un épisode particulièrement rare de la comédie humaine, accessible aux seuls connaisseurs en matière d'absurde. Les mains dans les poches, avec mon habituel air curieux qui me faisait incliner la tête d'une manière particulière, je prenais mon temps, j'examinais tous les objets des vitrines, je passais tranquillement des coins éclairés aux coins sombres, attentive aux crissements de pneus derrière moi, attendant qu'une voiture s'arrête et qu'une voix m'appelle. Je serais allée avec eux. Oui, même dans ces circonstances, je serais allée avec eux. Parce que ce que j'éprouvais, sous mon apparence de gaieté factice, c'était une profonde sensation de perte. Que j'aie été dupée ne me semblait plus important. J'étais si fatiguée de ne pas distribuer les reproches que je ne voyais plus où ils étaient justifiés. Je me sentais simplement irradiée par l'éclat de quelque grande révélation dont je ne pouvais pas encore comprendre pleinement la nature.

Cela ne ressemblait à aucune émotion familière. Tandis que je m'attardais devant une vitrine éclairée, apparemment fascinée par une paire de chaussures de cuir bordeaux, je n'ai pu identifier qu'un sentiment d'exclusion. Comme si les lois de l'univers ne s'appliquaient plus à moi puisque j'étais en dehors des grilles normales de référence. Une nullité biologique à rayer. Et dans un coin de ma conscience, essayant vainement, désespérément de s'imposer, la colère de l'opprimé, tramant une révolution sanglante, une vengeance.

Quant à James, que j'aimais d'autant plus pour l'avoir perdu, et encore davantage pour l'avoir vu se révéler comme un homme réel avec du désir dans les yeux, comme un amant, eh bien James, c'était simple, James était… comme eux. Il n'y avait pas eu de méchanceté, car on ne peut pas s'interposer entre un homme et son penchant si ce penchant est assez fort. Avant ce soir-là j'aurais cru que je comprenais ce qu'était l'amour. Si l'on m'en avait donné l'occasion, j'aurais donné ma tête à couper que… parce que j'avais le goût du sacrifice. Mais c'était clair, il fallait prendre les choses en main, redéfinir les objectifs si ceux-ci avaient été mal choisis. En amour, c'était évident, l'égoïsme forcené est plus payant que l'espoir naïf. Je me rappelais le bruit et la chaleur du restaurant, les visages intenses et excités, la crème qui s'étalait, le léger bruit de succion de la cigarette, la montée de fièvre bruyante et sournoise, les spectateurs. C'était, bien évidemment, l'atmosphère adéquate pour des amours prospères. Et en fin de compte, pourquoi pas la concurrence éhontée, la publicité clandestine, les ruses, les pièges, les stratagèmes, les insinuations, le chantage, la tricherie, la cruauté, la désertion ? Pourquoi pas le triomphe de la volonté ? Et pourquoi s'attrister de tout ou partie de ces choses-là ? Si, comme nous le tenons de la plus haute autorité, le ciel se réjouit de chaque pécheur qui se repent, pourquoi ne pas pécher, provisoirement ? Pourquoi ne pas transgresser les règles, comme le fils prodigue (tellement plus amusant que son éteignoir de frère) qui avait dû participer à tant de soirées comme celles-ci et qui a quand même eu droit au veau gras quand il est rentré à la maison ? Parce qu'ils avaient tout trouvé tellement terne sans lui. Qu'ils s'étaient tellement ennuyés quand ils n'avaient pour se distraire que le spectacle de la vertu et du travail acharné.

Les bruits dans la rue se raréfiaient, et pour leur laisser une dernière chance je me suis attardée devant la vitrine de Harvey Nichols. Un petit train électrique tournait en rond, sans bruit. Quand j'ai levé les yeux, j'ai rencontré mon reflet ; petite, menue, indéniablement chic, pas un cheveu qui dépasse. Toujours posée, toujours terrifiée, toujours meurtrière. Quelqu'un, diriez-vous, sans désirs ni besoins apparents. Bien pourvue. Correctement logée. En excellente santé. Quelqu'un de nullement déclassé. Et sur qui on peut compter pour ne jamais gêner personne ni en public ni en privé. Pour cette raison même, peut-être, sans intérêt aucun. Quelqu'un qui a du talent, qui a déjà publié deux nouvelles dans un grand magazine américain. Qui prépare, paraît-il, un roman destiné à avoir beaucoup de succès dans les milieux universitaires. Pas de projets immédiats, mais enfin, quand on est écrivain, on n'a pas les mêmes projets que les autres. C'est normal. On est un observateur, ne l'oubliez pas, un œil toujours ouvert qui enregistre ce qui passe inaperçu. Des scènes, des gestes qui seront restitués plus tard, intacts. Sans porter de jugement, bien entendu. Capable de voir le côté comique des choses.

Car tout cela est extrêmement comique, cet enthousiasme mal placé, cette attente. Courir comme un acolyte vers ceux qui n'avaient pas besoin de moi et comme une fiancée vers celui qui avait fait son choix ailleurs. Et pourtant, devant Harvey Nichols, où je regardais un train électrique tourner en rond, quand j'ai levé les yeux sur la vitre obscurcie, ils étaient brillants de larmes et de dépit. Il fallait que ce soit drôle. Parce que lorsqu'on est sérieux on est rarement bien accueilli. Il fallait tout transformer, d'une manière ou d'une autre, en divertissement. Et je pouvais le faire. Je ne le voulais peut-être pas, mais quelle importance ? Je le pouvais. Et quand un secret est connu du monde entier, personne ne se doutera jamais que ç'a pu être un secret.

Il n'y avait presque plus aucun bruit dans la rue, plus de voitures. La pluie qui avait menacé toute la journée, qui avait donné un après-midi couvert et une soirée d'une douceur trompeuse, arrivait maintenant avec le vent, dérangeante, importune. J'ai abandonné le train, j'ai traversé la rue et je suis entrée presque automatiquement dans Hyde Park. Je n'étais pas pressée de rentrer chez moi, bien que j'aie envisagé que ce que je faisais pouvait être dangereux. J'ai pensé naïvement que si ç'avait été vraiment dangereux on m'en aurait empêchée. Comme on ne m'en empêchait pas, je prendrais le risque, pour voir.

Je n'étais pas préparée à l'obscurité et au silence. Je ne les avais jamais remarqués avant, puisque j'avais toujours couru vers Chelsea pour aller chez les Fraser, ou fait le trajet du retour avec James, les yeux levés vers lui. Chaque fois j'avais eu la tête bourrée de mots. Maintenant que j'avais besoin d'eux ils m'abandonnaient. Vide moi-même, j'étais entourée de vide. Ça n'avait rien d'extraordinaire. À part le fait que je trébuchais quand mes pieds rencontraient de la terre molle et que je dérapais quand je me retrouvais sur une surface dure, je n'éprouvais aucune sensation. Après avoir passé le bord de la Serpentine et le café éteint, quand je me suis retrouvée de nouveau sur le gravier, je me suis arrêtée un instant là où il y a trois chemins possibles en direction de Marble Arch. Un groupe de gros arbres trapus et dégarnis, pas plus de trois ou quatre mais denses et d'un contour compact dans la lumière incertaine, montait la garde au bord du chemin principal au centre, le trajet le plus court vers l'autre côté. Mais je n'étais pas pressée d'atteindre l'autre côté ; j'ai donc pris à droite le chemin le plus étroit qui me mènerait en oblique vers l'endroit le plus sombre.

Le vide m'environnait. La pluie était devenue régulière mais silencieuse, et tombait si finement que l'on ne sentait d'elle qu'un froid qui descendait. Aucun signe de vie autour de moi, pas de bruissement dans les broussailles, aucun gazouillis rassurant comme à la campagne. Le parc, la nuit, était dépourvu d'agrément, c'était un lieu pour hors-la-loi, pour ceux qui désiraient se cacher. J'étais complètement seule et j'aurais pu continuer ainsi indéfiniment si je n'avais pas atteint, trop tôt, l'avenue plus sombre bordée d'arbres qui est parallèle à Park Lane. Maintenant j'entendais un chuintement quand une des rares voitures roulait sur la chaussée mouillée. Les lumières des grands hôtels ne faisaient qu'accentuer l'opacité dans laquelle je marchais. Un brouillard noir qui dérivait révélait la lune puis la dissimulait ; celle-ci n'atteignait pas l'obscurité où j'étais ; elle était d'ailleurs à son déclin.

Je me suis rendu compte avec étonnement que je marchais de mémoire car je ne distinguais rien en avant de moi. À ma droite, j'entendais les bruits habituels d'une ville, assourdis par l'heure tardive, mais ils semblaient étrangers à l'enclave sans vie dans laquelle je me déplaçais. À aucun moment je n'ai eu peur, pas même quand j'ai entendu des pas derrière moi, un pas lourd et étouffé, régulier, animé d'intentions homicides. À vrai dire, j'ai à peine tourné la tête au moment où le coureur silencieux m'a finalement dépassée, en short et sweatshirt, et que j'ai entendu sa respiration pénible et senti l'odeur de sa sueur. Quand il a disparu, le silence a été encore plus profond. Mes chaussures fines ne faisaient aucun bruit et mon manteau noir me confondait avec les colonnes immobiles des arbres.

C'était si reposant, si agréable, qu'à un moment je me suis assise sur un banc, en me félicitant du sang-froid avec lequel je maîtrisais une situation que d'autres pourraient juger peu prometteuse. Toujours très sûre de moi, je faisais des projets. Je réfléchissais avec beaucoup de sens pratique. Il faudrait faire des changements. Je ne pouvais pas continuer à vivre dans cet appartement avec ses deux couches successives de souvenirs. Je mettrais Nancy à la retraite et je l'enverrais dans son pays chez sa sœur à Cork. Je lui en parlerais après Noël, et quand elle serait installée je mettrais l'appartement en vente. Il me rapporterait une belle somme et je pourrais acheter une mansarde, un dernier étage quelque part dans un autre quartier. J'aimais bien les petites rues commerçantes près de Victoria Station. Je pourrais même quitter mon travail puisque je n'aurais plus besoin ni de salaire ni d'occupation. Je serais un écrivain, avec tout mon matériel étalé devant moi, dans mon propre univers, libre d'inventer ma vie. Je n'étais pas sûre de devoir épouser David, car l'angoisse avait brisé quelque chose en moi, comme si j'avais été exposée à un rayon violent et mortel qui aurait provoqué une sorte de stérilité. J'aimais trop sa famille pour souhaiter qu'il ait une femme incapable de comprendre une affection donnée sincèrement, digne de loyauté, ou de lui faire confiance. Depuis que j'avais quitté le train électrique silencieux, symbole de tant de rêves de Noël, je m'étais sentie devenir de plus en plus petite, de plus en plus dure, plus cassante, moins digne d'amour qu'auparavant. Je me sentais dangereuse et en danger. Plus tôt je couperais les amarres, mieux cela vaudrait. Je sentais que je devais aller là où personne ne pourrait m'observer, surveiller comment je résistais. J'arrangerais les choses à ma façon, loin de la curiosité des autres. Mes propres opinions, que nul n'avait cherché à connaître jusque-là, pourraient finalement peut-être se faire jour.

Il devait être très tard, mais je n'avais aucune idée de l'heure. Quand j'ai eu froid, je me suis levée et je me suis résignée à continuer à marcher. Il n'y avait toujours aucun signe de vie. Je marchais sans me presser, presque en flânant, dans la direction de Marble Arch. Très loin devant moi une petite lumière a vacillé à hauteur de la taille, a disparu, puis a reparu. Mon manteau était mouillé, j'avais froid à la figure ; je sentais sur mes cils de minuscules gouttes d'eau qui brouillaient les contours des arbres. La lumière s'est approchée. Je n'ai éprouvé ni peur ni curiosité, et quand un agent à bicyclette m'a demandé si tout allait bien je lui ai répondu aussi gaiement que possible que oui, tout allait très bien, et que je rentrais chez moi. Sentant qu'il n'était pas convaincu, j'ai ajouté que je faisais souvent ce trajet. Et j'ai effectivement hâté le pas, car il était descendu de sa bicyclette et restait immobile à me surveiller. Je pouvais sentir son regard dans mon dos en descendant les marches du passage souterrain.

Dans la lumière rare des lampes violacées, le tunnel interminable s'étendait devant moi et c'était bien plus effrayant que le parc obscur et vide. Ça puait l'urine et quelqu'un avait récemment manié l'aérosol car des bombages frais en caractères arabes décoraient les murs carrelés. « Vive le Conseil révolutionnaire en Iran », avait-on écrit au crayon gras sur une affiche par ailleurs innocente qui faisait de la publicité pour un magasin de location de vêtements d'homme. Il n'y avait personne en vue, mais je me sentais un peu mal à l'aise ; mes pas tambourinaient plus fort et leur écho m'était renvoyé. À un moment, j'ai trébuché et j'ai dû heurter une boîte de bière vide ; son tintement sinistre, un son lugubre, m'a fait serrer les dents et accélérer l'allure. Puis, au moment précis où je commençais à éprouver une vague inquiétude, une silhouette titubante est apparue au coin, en avant de moi, et s'est arrêtée en grognant, appuyée contre le mur, penchée en avant, comme en proie à une douleur extrême.

Faisant claquer mes talons, le regard fixé droit devant moi, j'ai avancé dans sa direction. J'ai senti une odeur de whisky et j'ai entendu l'homme marmonner et grogner. Du coin de l'œil, je l'ai vu se pencher comme pour vomir, puis se redresser ; puis je l'ai vu ouvrir grand les bras contre le mur, une main aux gros ongles noirs étalée sur les carreaux du mur derrière lui. Alors que j'arrivais à sa hauteur, son autre main s'est tendue comme pour attraper ma manche, mais il vacillait trop et il a manqué son but. Ça l'a mis en colère et j'ai entendu sa voix, un cri d'animal menaçant. J'ai continué à avancer bruyamment, folle de terreur, avec une expression d'indifférence hautaine, comme si je n'avais rien remarqué. Ce n'est que lorsque j'ai atteint le bout du tunnel, au moment de tourner vers les marches, que j'ai osé regarder en arrière. Je l'ai vu appuyé contre le mur, la main toujours tendue et cherchant à me toucher. Son visage était violet foncé.

Cette fois, j'étais secouée et j'ai senti que mon assurance, ma folie, ou le sentiment inconnu qui m'avait soutenue m'abandonnait. J'ai senti que le sang refluait de mon visage, que mon corps perdait sa chaleur ; j'ai senti mes épaules se contracter et mes mains trembler. J'aurais couru pendant tout le restant du chemin si j'en avais eu la force, mais celle-ci m'avait quittée. Oxford Street ressemblait à un gouffre béant, avec des arbres de Noël fantomatiques dans les vitrines illuminées d'en haut par les horribles éclairages crus. J'ai regardé ma montre ; il était minuit et demi. Je ne sais pas pourquoi l'idée de prendre un taxi ne m'a pas traversé l'esprit ; de toute façon, je n'ai pas rencontré une seule voiture. J'avais la sensation que je devais accomplir ce rituel à pied, et que je ne pourrais affronter le havre chaud et douillet qui m'attendait que si je le faisais. C'était la seule façon de m'épuiser suffisamment pour endormir mes pensées ; si je ne m'épuisais pas, j'aurais l'impression d'entrer dans un tombeau et non dans un lit parfaitement ordinaire. En tournant dans Edgware Road, la dernière ligne droite, j'ai même pensé avec impatience à la boisson chaude que Nancy m'aurait laissée, et à la sécurité de sa présence à sa protection.

Je ne marchais plus très vite, et je trébuchais de temps en temps. Je suis passée devant le sex-shop et le magasin de location de télévisions, devant le coiffeur minable chez qui le tube fluorescent de la vitrine clignotait faiblement, atténuant mon sentiment d'abandon total. J'ai accueilli comme une vieille amie l'infirmière de cire dans son uniforme spectral. J'ai dépassé les banques, les supermarchés, et les boutiques mystérieuses qui avaient un air délaissé et dont je ne pouvais plus me rappeler les fonctions normales. La pluie avait cessé, mais mon manteau était mouillé et il me gênait. J'avais des visions de cauchemar ; il me semblait que je n'avançais pas. C'était comme si j'essayais de patauger dans une substance visqueuse habillée d'une vieille combinaison de plongée. Il n'y avait personne. Pas un bruit, à l'exception d'un grondement lointain que je n'ai pas pu identifier. Je respirais maintenant avec difficulté et je sentais une douleur dans la poitrine ; des mèches de cheveux mouillés me collaient au visage et j'avais très soif. Le grondement sourd s'était rapproché et j'ai aperçu soudain une forme sombre, au-dessus de moi. Alors j'ai compris que c'était la voie express et que j'aurais encore un souterrain à franchir pour arriver de l'autre côté, et finalement chez moi.

Pendant un bon moment, je n'ai pas pu le faire. Je me suis cramponnée à la rampe, j'ai attendu de me sentir mieux, et je ne pouvais toujours rien faire. Je crois que j'ai même décidé de rester là jusqu'à ce que d'autres viennent, et alors j'aurais peut-être le courage de descendre derrière eux. J'étais prête à attendre jusqu'au matin, mais j'étais si fatiguée et il faisait si sombre que c'est aussitôt devenu inimaginable. Plusieurs fois j'ai descendu les premières marches, pour vite retourner à la surface, la bouche sèche. Je ne parvenais pas à descendre là-dedans. Je savais que parfois des gens dormaient par terre dans les souterrains, que ceux-ci étaient le repère favori des ivrognes et des déshérités. J'ai repensé à l'homme de Marble Arch et j'ai senti son odeur. Je crois qu'à un moment j'ai dû m'asseoir sur les marches, le visage dans les mains. Je n'avais jamais eu à faire ce chemin toute seule. James, qui savait que j'avais peur, m'avait toujours serrée contre lui, et de cette façon c'était même un plaisir. J'ai ressenti de nouveau sa perte, et la perte de toute protection, et j'ai essayé de faire appel à la colère réparatrice. Mais au cours de ce voyage de retour même la colère m'avait échappé.

Au bout d'une demi-heure environ, je suis parvenue à descendre. Mais je tremblais tellement que je devais m'accrocher à la rampe et tâter du pied chaque marche. Quand j'ai atteint le tunnel, j'ai avancé contre le mur, contre les carreaux sales, prête à battre en retraite au moindre bruit ou, quand j'aurais dépassé la moitié, à me jeter en avant. Ce que je sais, c'est que ça a duré longtemps ; je sais aussi que lorsque j'ai atteint les marches à l'autre bout je pouvais à peine lever les pieds pour les monter. À un moment, j'ai été prise d'une sorte de vertige, et j'ai dû m'arrêter jusqu'à ce que je trouve la volonté de continuer. J'ai émergé dans la nuit la plus noire que j'aie jamais vue.

Ce doit être l'heure la plus terrible, l'heure à laquelle on meurt dans les hôpitaux. Pas un son, pas une lueur, les forces vitales déclinent, même la mémoire se trouble. Je n'avais aucun moyen de savoir comment j'avais passé la première partie de la soirée et je ne comprenais pas vraiment ce qui s'était produit, ni comment j'étais arrivée là. En avançant comme en rêve dans la rue vide interminable, je savais seulement que je devais arriver chez moi ; j'ai même mis la main dans mon sac pour prendre ma clef et je l'ai tenue devant moi comme un talisman. Quand je suis arrivée au coin où la Westminster Bank était plantée solidement, comme elle l'avait toujours été, j'ai levé les yeux et j'ai vu une très faible lueur derrière les rideaux du salon, comme si on avait laissé pour moi une lampe allumée.

J'ai mis longtemps à monter l'escalier au tapis rouge. Je me sentais comme un pèlerin qui arrive enfin au but de son pèlerinage, après des jours et des nuits de recherches et d'épuisement. J'ai remarqué, comme si c'était un objet sacré, le cuivre étincelant des tringles du tapis ; ma main a touché la rampe de bois. J'ai regardé lentement autour de moi. J'étais arrivée au bout de mon voyage. J'ai levé la main, et avec elle la clef.

Le verrou était mis. Nancy avait mis le verrou.

Au bout d'un certain temps, ou plutôt d'une absence totale de temps, j'ai sonné. Puis j'ai sonné de nouveau, consciente de faire une chose tellement inconvenante que ça n'était jamais arrivé avant dans cette maison. Ce lieu de la régularité et des habitudes, souffreteuses mais bonnes, ce lieu sérieux, toujours si tranquille et si mesuré, était violé, à deux heures du matin, par le bruit strident d'une sonnette péremptoire. J'imaginais que des gens s'agitaient, alarmés, outragés, parce que leur sommeil avait été violemment interrompu. Je m'attendais à voir les rangs des personnes âgées, en robes de chambre épaisses et grosses pantoufles, massées à leur porte, prêtes à m'admonester en secouant la tête. J'attendais des récriminations. J'ai regardé autour de moi avec un peu d'affolement, comme au tribunal. Puis, après un long silence, j'ai entendu le bruit étouffé des pas traînants de Nancy ; la chaîne a glissé, le verrou a tourné et enfin la porte s'est ouverte et j'ai rencontré le regard sévère et confiant des yeux bleus de Nancy.

Je devais avoir un drôle d'air parce qu'elle n'a rien dit, elle a seulement posé la main sur ma manche. Quand je me suis avancée, très lentement à présent, elle a pris mon bras à deux mains, puis j'ai senti qu'elle m'entourait de son bras, et sans un mot nous avons suivi le couloir. Elle m'a fait entrer dans la cuisine, elle a allumé la lumière, et, tandis que je m'effondrais sur son fauteuil de rotin rembourré, elle est allée s'occuper de la bouilloire sur la cuisinière. J'avais toujours mon manteau mouillé et mes pieds étaient gonflés ; j'avais l'impression de ne pas pouvoir soulever les paupières, mais Nancy me dit que j'avais les yeux grands ouverts. Pendant qu'elle préparait le thé, mon oreille s'est adaptée à cette nouvelle forme de silence : j'ai entendu un gargouillis dans la tuyauterie, le bruit sec de l'aiguille de la pendule de la cuisine, le bouillonnement de l'eau qu'elle versait dans la théière. Puis j'ai senti qu'elle approchait la tasse de ma bouche et j'ai bu tranquillement, tandis que Nancy tenait la tasse contre ma bouche, l'éloignant quand il fallait à son avis que je respire, comme quand j'étais petite. Sans rien me demander, elle a rempli de nouveau la tasse et cette fois elle m'a laissée boire seule. Ensuite, elle a sorti la vieille boîte à biscuits carrée et l'a posée devant moi. Au bout d'un moment, ma main s'est tendue et a pris un biscuit. Elle a dit : « Bien, ma petite fille. »

Elle ne m'a pas posé de questions. Elle s'est simplement assise, les mains croisées, et elle a attendu. La cuisine était paisible, à l'abri, et je n'avais aucune envie de bouger. J'ai regardé les murs jaune clair, le buffet où les tasses étaient suspendues à des crochets, les piles du *Cork Examiner*, et son sac à tricot accroché au dossier de la chaise. J'ai regardé la télévision que ma mère lui avait achetée une année pour Noël, et la vieille radio qu'elle refusait de changer. L'arrière-cuisine, qui contenait toute la machinerie de notre vie, par l'entremise de laquelle nous étions nourries et blanchies, était un endroit que je ne visitais presque jamais, même si je restais parfois avec Nancy dans sa cuisine. Quand je venais, comme à présent, nous parlions rarement, mais je crois qu'elle aimait m'avoir là.

Je n'y étais pas entrée depuis longtemps. Par curiosité, j'ai étendu la main et j'ai senti la surface propre et douce de sa desserte. Il y avait au centre une coupe à fruits de porcelaine bleue, et parmi les pommes et les mandarines un paquet de bonbons à la menthe forte qu'elle aimait tant. Elle était toujours environnée d'un léger parfum de menthe. Puis j'ai remarqué une énorme boîte de chocolats, très raffinée. Je lui ai demandé : « Sydney ? » Elle a aquiescé : « Il est venu à l'instant où vous sortiez. Il a tellement regretté de ne pas vous voir. Il vient toujours pour Noël, Mr. Goldsmith. Il ne voulait rien manger mais je lui ai préparé un bon petit thé. Il a dit qu'il dînait en ville. Mais je le connais. Il allait reprendre le train, et rentrer dans une maison vide, j'imagine. Je lui ai donné un œuf à la coque, des toasts, et un peu de mon cake aux fruits, et je lui ai préparé quelques sandwichs pour le retour. Il vous fait ses amitiés, miss Fan. Il a regretté de ne pas vous voir. »

Sydney Goldsmith, dans son pardessus de gangster. Sa fidélité inlassable, discrète. Je l'avais presque oublié et pourtant, maintenant, je le revoyais nettement, la tête penchée, le feutre marron à la main. Je le voyais s'incliner pour embrasser ma mère sur le front et je l'entendais dire : « Quand vous voudrez, Béatrice. Venez me voir quand vous voudrez. Mon temps vous appartient. » Comme il me semblait loin le temps où je restais à la porte avec Nancy pour lui faire des signes d'adieu. Et je n'avais pas cherché à le revoir. Alors que je savais qu'il en aurait été heureux. Il m'aimait beaucoup.

Nancy s'est levée et a quitté la pièce, et peu après j'ai entendu l'eau couler dans la baignoire. Mon manteau fripé s'était raidi en séchant et je m'en suis débarrassée. J'avais les chaussures et les jambes couvertes de boue ; ma robe grise, que je ne reporterais plus jamais, paraissait pendue à mon corps inconsistant comme à un portemanteau. Ma fatigue était telle que si je pouvais souhaiter quelque chose c'était de rester où j'étais. Je me sentais vieille, lourde. Lentement, et avec beaucoup de précautions, je me suis redressée sur mon siège et je me suis penchée en avant. Je n'étais pas sûre d'être en état de prendre un bain. Dans la chaleur qui m'enveloppait je pouvais sentir le parfum que j'avais mis avant de sortir. Seul le désir de m'en débarrasser m'a poussée à me lever et à suivre Nancy dans la salle de bains.

Elle avait préparé pour moi une serviette et une chemise de nuit propres. Elle avait sorti un savon vert tout neuf et posé le tapis de bain par terre. Elle a attendu que j'enlève mes vêtements sales et dépréciés et elle les a emportés. Je ne sais pas ce qu'elle en a fait. Je ne les ai plus jamais revus depuis.

J'étais dans l'eau, le plus tendre de tous les éléments, celui qui vous accueille et vous apaise, vous berce, et auquel il est difficile de s'arracher. Je flottais, sans pensée ni mémoire, sachant seulement qu'il était arrivé quelque chose. C'était ce que mon esprit me répétait : il est arrivé quelque chose. Je savais que les détails étaient tous remisés quelque part et pouvaient resurgir intacts, mais ils m'échappaient. J'aurais la tâche ingrate de les reconstituer avec brio, pour que mes lecteurs sourient de la justesse de mes observations. Impitoyable pour les uns et les autres. Et tout ça avec une intention tout à fait discutable. Peut-être celle de faire comprendre le poids des choses que l'on ne dit pas. Car ceux qui vivent avec un stylo et du papier le font parce qu'ils se fient rarement à leur voix et ont en effet très peu à dire en société. Ce sont, je le savais désormais, les moins divertissants des convives.

Je me suis regardée dans la grande glace, en essuyant la buée avec un coin de serviette. J'ai vu quelqu'un de menu, presque enfantin, avec un regard fixe et effrayant. J'ai même souri, très rapidement. Je me suis félicitée de n'avoir jamais cet air-là avec quelqu'un ; normalement, je le sais, j'ai l'air un peu dédaigneux. Quand j'étais plus jeune, ma tante Julia m'a prise à part un jour et m'a dit que je me ferais mal voir si je n'abandonnais pas cette expression. À l'époque je l'avais fait. Mais récemment, tout récemment, je m'en étais resservie et je l'avais trouvée bien utile.

J'ai mis la chemise de nuit, une chemise de nuit blanche à manches longues que je n'ai pas immédiatement reconnue. J'étais étonnée parce que je suis un peu maniaque avec mes vêtements. Celle-ci, autant que je pouvais en juger, n'avait jamais été portée ; elle avait de longs plis verticaux et sentait le coton neuf. C'était un joli vêtement, avec un col rond et un empiècement qui lui donnait de l'ampleur. Elle m'allait plutôt bien. Mais je ne comprenais pas d'où elle venait et je me suis retrouvée au milieu de la salle de bains en me demandant où Nancy l'avait trouvée. Et soudain ça m'est revenu. C'était l'une des chemises de nuit que j'avais achetées pour ma mère. Elle avait dit : « C'est bien trop joli pour moi, ma chérie. Porte-la. » Elle avait souri et l'avait remballée. Mais j'étais un peu blessée, bien que je ne l'aie pas montré, et je l'avais mise dans le tiroir de la coiffeuse à dessus de verre, sur le tas de photos. Bien entendu, Nancy l'avait conservée, comme tout le reste.

Soudain j'ai eu envie de dormir, et je suis sortie dans le couloir en titubant. Nancy est venue de la cuisine et m'a dit : « Pas de robe de chambre, miss Fan ? À quoi pensez-vous ! » Mais je devais avoir l'air épuisée car elle a repris mon bras pour m'accompagner. Quand nous sommes arrivées à la porte de ma chambre, j'ai voulu lui dire bonne nuit et l'embrasser, mais elle m'a dit : « Non, miss Fan, non », et elle a continué à m'entraîner. J'ai dit : « Qu'est-ce qu'il y a, qu'est-ce qui se passe ? » Elle a avancé encore, d'un pas plus décidé. Je l'ai appelée : « Nancy, qu'est-ce qu'il y a ? » Alors elle s'est retournée avec un air innocent et m'a dit : « Vous vouliez changer, alors je vous ai mise dans la chambre de Madame. Une si jolie chambre. J'ai fait le lit. »

Je me suis couchée dans ce lit qui m'a paru très étranger après le mien. J'ai regardé les rideaux de satin ivoire, le tapis blanc devant la cheminée aux carreaux clairs, tout cela un peu fané mais de tellement bonne qualité que ça durerait toujours. Et le lustre en fer forgé, très personnel, auquel poussaient plusieurs petits abat-jour de satin, que je suppliais ma mère de changer, mais elle n'avait jamais voulu. Elle voulait toujours que tout reste pareil. Et bien que je ne sois pas entrée dans cette pièce depuis longtemps j'étais certaine que ses vêtements étaient toujours pendus dans son armoire et que ses chaussures étroites restaient toujours en rangs parfaits.

Je ne voulais pas dormir, mais je sentais la main de Nancy caresser la mienne étendue sur le drap. Puis j'ai senti sa main tâter mon front. Puis je l'ai sentie sur mes yeux, comme je l'avais fait si souvent étant enfant : c'était le signal de les fermer. Je l'ai entendue bouger dans la pièce, resserrer encore davantage les rideaux, toucher des objets sur la coiffeuse. Puis je l'ai entendue fermer la porte, très doucement, comme si j'étais déjà endormie.

CHAPITRE DOUZE

Je me souviens que j'ai passé le restant de cette courte nuit à m'éveiller et me rendormir et qu'elle m'a paru extrêmement longue. Après le départ de Nancy, je me suis levée et j'ai ouvert les rideaux ; le ciel avait une couleur terne de prune, telle qu'on l'imagine toujours sur une ville qui ne dort pas. C'était étrange parce que lorsque j'étais dehors sous ce ciel je n'avais vu que de la noirceur. Je me suis éveillée plusieurs fois pour voir cette même lumière inquiétante et menaçante, qui semblait devenir plus sombre et plus dure à mesure que les heures passaient, pour ne retrouver une pâleur neutre qu'avant l'aube.

Chaque fois que je me réveillais, je me sentais comme un enfant innocent et impatient, et je m'étirais avec plaisir jusqu'au moment où je me rappelais où j'étais et comment j'étais arrivée là. Mon inconscience devait être d'une nature très inhabituelle. J'émergeais de temps en temps d'un sommeil profond et sans rêves — peut-être au bout d'une quinzaine de minutes seulement — dans cet état de régression totale, comme si j'étais en vacances, choyée, avec la perspective d'une journée pleine de surprises et de plaisirs. Je crois que cette incapacité à chasser les espoirs anciens est l'un des tours les plus cruels que nous nous jouons à nous-mêmes. Ce fond enfantin de mon être était resté apparemment intact, sous des strates d'expérience qui s'étaient déposées dessus comme des cendres volcaniques et qui se dispersaient au réveil, par cette immense poussée vers la lumière, pour se redéposer quand cet effort surhumain avait été accompli. Et chaque fois, pendant une seconde, je me sentais de la même taille, petite et maigrichonne, et je pouvais jurer que je souriais, du sourire de l'enfant qui sait que sa bonne va bientôt venir le préparer pour la journée qui s'annonce.

Le sourire s'effaçait rapidement, et avec lui tout espoir, mais je n'étais pas disposée à débrouiller ma situation ; je me retournais simplement de l'autre côté et je me forçais à me rendormir. Ce sommeil était dense, épais, engloutissant, et je découvrais que j'en étais avide, comme d'une nourriture grossière. À un moment, j'ai même vu mon visage, les yeux bien fermés, la bouche gonflée, gourmande, dans ma recherche animale de l'ignorance. Chose curieuse, ni les périodes de sommeil ni l'innocence trompeuse du réveil n'étaient désagréables. Et le fait qu'elles se succédaient avec une telle régularité et une telle rapidité me donnait l'impression d'être non seulement reposée mais programmée pour la tâche qui m'attendait.

Je me suis finalement réveillée à regret vers huit heures. C'était un matin sombre et triste, et en raison de la situation de la chambre de ma mère je n'entendais aucun des bruits familiers de la rue. En revanche, j'ai entendu les pas de Nancy dans le couloir, puis la porte du palier s'ouvrir et se fermer derrière elle. Je me suis assise dans mon lit et j'ai senti que mes bras et mes jambes, qui n'avaient eu aucun poids pendant la nuit, retrouvaient leur fatigue et leur raideur. J'avais mal aux articulations des pieds et quand j'ai étendu les bras mes poignets m'ont paru plus minces. J'avais pensé pendant quelques brefs instants de bon sens que je pouvais passer la matinée au lit, puisque je n'avais pas de travail, rien qui m'oblige à me lever. Les cadeaux étaient tous empaquetés. J'avais aidé Nancy à faire les courses pendant le week-end. Je n'avais rien à faire. Mais en fait j'étais impatiente de me lever. Je ressentais une aversion étrange pour mon corps sans vêtements, comme si mon état de nudité était une faute. Pour cette raison, quand j'ai enlevé ma chemise de nuit, la vue de mon corps m'a remplie de honte, tant je l'ai vu dépourvu de qualités adultes, si plat, si peu remarquable, si humilié. Je me suis demandé si ce sentiment me quitterait un jour ou si j'étais condamnée à me voir de cette façon pour le restant de ma vie.

J'ai repris un bain et je me suis habillée avec beaucoup de soin. J'ai mis des vêtements gais, mon chemisier de laine bleu et mon pull-over bleu. J'ai fait très attention à mon aspect et même à mon bien-être. Je n'ai pas fait d'objection quand Nancy a tenu à ce que je mange deux œufs à la coque pour le petit déjeuner, et je me suis assise sans protester à la table de la cuisine tandis qu'elle s'agitait autour de moi. J'ai mangé du pain grillé et j'ai bu deux tasses de thé, en m'appliquant à bien mâcher, comme si je commençais une espèce d'entraînement, ménageant mon énergie physique en prévision de la tâche à venir. Nancy a été très contente de mon appétit et m'a grondée pour avoir tellement maigri. Je ne l'avais pas remarqué jusqu'à ce matin-là, mais maintenant qu'elle m'en parlait j'ai senti mes épaules anguleuses et ma jupe un peu trop large à la taille. Ça m'était égal. Il me semblait normal de diminuer, de perdre mes caractéristiques biologiques. À l'avenir, je me réduirais peu à peu à ma tête, et à ma main, ma main pour écrire.

Le problème était de remplir le reste de la journée, car après avoir fait le lit et rangé la chambre, il n'était encore que neuf heures et demie. J'ai pensé que je pouvais me mettre immédiatement à écrire, mais je me suis retrouvée assise dans le fauteuil de ma mère, les mains complètement oisives, tandis que la journée sans clarté, lugubre, se déroulait sans moi. Loin d'être la critique pondérée de mon imagination et de mes intentions, j'étais retournée en enfance, à ces après-midi d'hiver vides où je devais rester tranquille parce que ma mère se reposait. La bibliothèque me manquait, et j'ai vu à quoi ressemblerait ma vie si je n'avais pas à travailler. Mais ensuite je me suis rappelé que je portais mon travail avec moi, j'ai fait un gros effort pour me lever, j'ai trouvé un cahier et un stylo et je me suis rassise pour prendre des notes pour mon roman dont les personnages étaient si réels et si proches. Pourtant, quand Nancy m'a appelée pour déjeuner, j'étais toujours assise dans le même fauteuil et je n'avais rien écrit d'intéressant.

Nancy avait préparé du poisson et l'odeur se répandait dans le couloir, lourde, fade et pénétrante. Je la sentais dans les rideaux, je la sentais dans mes cheveux et j'en avais la bouche sèche. Elle a dû remarquer mon état — qui était en fait une suspension de tout état normal — et m'a demandé si je me sentais bien. « Tout à fait. Quand on ne va pas travailler il faut toujours un moment pour s'y habituer. Je crois que c'est presque plus fatigant de rester à la maison », et j'ai étouffé un bâillement. Mais elle l'a vite remarqué, ainsi que le fait que je ne pouvais pas finir mon assiette. « Vous feriez mieux d'aller vous reposer. Vous feriez mieux de vous coucher pour une heure », a-t-elle dit. Puis elle a ajouté : « Vous pouvez prendre un livre. » Comme si j'étais une petite fille.

Je me suis donc déshabillée encore une fois avec le

sentiment de l'inévitable et je me suis mise au lit ; je ne m'attendais pas à dormir et ne le désirais même pas, mais j'ai pris la position qui convient à la réflexion ou au recueillement. Je suis restée assise dans le lit comme si j'étais abandonnée sur un grand radeau et j'ai dû rester là, absolument sans bouger, pendant plus d'une heure. Malgré toutes mes bonnes intentions je ne pouvais pas sortir d'un état de léthargie qui ressemblait à celui du deuil. Ce qui me dérangeait le plus, c'était mon absence de colère, car sans colère où est la satire ? À la place, j'éprouvais de la lassitude, et un sentiment de compréhension qui s'étendait même à mes compagnons de la veille. Je sentais jusque dans mes os, et c'était peut-être tout simplement une fatigue extrême (mais j'en doute), que ces gens n'étaient coupables de rien excepté d'avidité, qu'ils prenaient simplement ce qu'ils voulaient, comme les enfants ou les animaux. À la lumière de ce jour triste, je revoyais leurs visages, malicieux, excités, leurs regards de côté comme pour s'assurer que personne ne les prenait sur le fait... Ils mangeaient trop, la bouche barbouillée de sucreries. Ils s'amusaient, ils faisaient la fête. Ils riaient trop fort, ils s'étaient faits beaux. J'ai vu qu'ils étaient des enfants, tout comme moi dans mon sommeil, ou dans mes moments de veille, et qu'à un certain moment, inévitablement, ils éprouveraient la désolation momentanée qui afflige le grand enfant, l'enfant sans parents, les aînés. Qu'ils sursauteraient, auraient l'air surpris, contrariés, et que leur contrariété tournerait au désarroi. Et alors toutes leurs manières hautaines leur serviraient aussi peu que me servait mon sens aigu de l'observation. La seule différence était qu'ils se consoleraient les uns les autres, parce qu'ils savaient crier leurs protestations et leurs plaintes. Tandis que moi je serais simplement là, ne sachant pas comment guérir, mais décidée à travailler pour cela avec mon stylo et mon cahier.

Je ne pouvais même pas prendre parti contre eux. Je n'étais pas des leurs, c'était tout. Le moment où j'ai dû reconnaître cette différence a été le comble de la tristesse, et j'ai senti que toutes mes fausses certitudes me quittaient comme si elles avaient été des vêtements élégants que j'avais peut-être essayés dans une boutique et que j'avais laissés à contrecœur parce qu'ils... ne m'allaient pas. J'ai pensé avec envie et même avec tendresse aux moments que nous avions passés ensemble, à nos rires, qui avaient été sincères, à l'immense fascination qu'avait exercée sur moi leur recherche égoïste du plaisir, à la curiosité attentive que j'avais mise à les observer. J'ai pensé d'abord, et instinctivement, à Nick et Alix, et je me suis rappelé qu'ils m'avaient délivrée de diverses prisons futures — la vieillesse, le silence, la solitude — et que je m'étais levée à leur commandement comme si j'attendais cela depuis toujours. Je me suis souvenue qu'ils m'avaient fait connaître l'égoïsme véritable, salvateur, et que grâce à leur enseignement je m'étais éloignée de gens tristes auxquels je ne pouvais apporter aucune joie, rien que ma présence impuissante. J'ai pensé aux soirées où je traversais vivement le parc, confiante dans l'hospitalité que je trouverais à la fin du voyage. J'ai pensé au jour où nous étions allés à Bray en voiture, et je me suis souvenue de la photo : je me suis souvenue du bruit léger des dernières feuilles tombant sur la pelouse ; le soleil était doux, nous étions assis dans une tiédeur presque inattendue, et seule la fraîcheur qui montait de la rivière nous rappelait que c'était l'hiver et non le printemps.

Je me suis rappelé, comme on le fait souvent, qu'il faisait toujours plus beau en ce temps-là, que les couleurs étaient plus vives, que j'avais plus d'appétit et une énergie inépuisable. J'ai revu comme de très loin cet automne et les bienfaits notables qu'il m'avait apportés et je me suis vue dans mon joli tailleur crème, descendant Sloane Street : je me suis trouvée ardente et élégante. Et cela m'a ramenée à ma nouvelle situation, couchée à deux heures de l'après-midi, maigre, sur mes gardes, ni très jeune ni très vieille, mais en réalité un esprit destiné à vieillir, dans un corps condamné à paraître encore plus enfantin. La douceur simple de ces jours d'automne s'était desséchée pour laisser la place à une infinie méfiance.

Et pourtant, même à ce moment-là, j'ai espéré les revoir. Eux-mêmes et les leçons qu'ils m'avaient données me manquaient trop pour que j'y renonce. J'avais besoin de leur compagnie, d'être bien avec eux, même si je n'étais pas des leurs. J'avais besoin de les étudier, j'avais besoin d'eux comme matériau. Et si je trouvais jamais le courage d'un dernier coup de dés, j'avais besoin de jouer encore une fois. J'avais besoin de les observer à Noël ; j'avais besoin de voir leurs mains avides, leurs appétits immanquables ; j'avais besoin de leur dévergondage, sur lequel je pouvais toujours compter. J'avais besoin de leur entrain, si approprié à la période de Noël, quand les yeux étincellent de convoitise et d'excès, quand les appétits grandissent et ne sont jamais rassasiés, quand l'affection s'étend aux spectateurs de la fête. Je voulais tout simplement passer Noël avec ces papes des fous, dans la chaleur et le bruit, parmi les assiettées d'os rongés et les ruines croulantes de puddings, à une table submergée de pétales luisants et de papiers décorés froissés, l'air bleu de la fumée de cigares monstrueux, et des mains qui cherchent paresseusement des fruits secs, des sucreries, des massepains. Pas un

Noël sacré, celui-là. Mais combien plus désirable que ma maisonnée sans reproche, avec son odeur de poisson mort, sa chaleur renfermée et poussiéreuse, son mobilier intact, et le glissement de pantoufles derrière ma porte.

Si je pensais à James, et j'essayais de ne pas y penser, c'était avec un sentiment d'épouvante, car je comprenais désormais qu'il était accessible aux autres mais pas à moi. Ce dont j'avais été témoin m'interdisait de chasser cette évidence de mon esprit. Car une fois que l'on sait une chose, on ne peut plus jamais ne pas la savoir. On ne peut que l'oublier. Au cas peu vraisemblable où j'oublierais, lui n'oublierait pas ; ou plutôt il aurait conscience d'un petit signal de danger qui lui rappellerait mon regard observateur, ma main qui écrit, et il m'éviterait. Il me semblait que c'était moi, plutôt que lui, qui avais provoqué tout cela et mon désespoir était extrême. Car à présent que je savais que je l'aimais, c'était toute sa vie que j'aimais. Et je ne connaîtrais jamais cette vie. Il y aurait certainement des changements, et je ne saurais même pas lesquels. J'aurais envie de demander : « Comment va-t-il ? » Mais il n'y aurait personne à qui le demander. Si je le croisais dans un couloir de la bibliothèque, ou dans la salle de lecture, il faudrait que je sourie comme l'étrangère qu'il voulait que je sois. Et si je voulais lui faire plaisir, je devrais simplement rester à distance. Et sa vie, sa vie... continuerait sans moi. Et je n'en connaîtrais rien. Et puisque je n'avais apparemment pas compris grand-chose, je ne pouvais même pas lui faire de reproches. Je comprends toujours de travers, c'est comme ça.

Cette conclusion m'a rendue nerveuse et je me suis demandé encore une fois si la situation ne pourrait pas être sauvée. J'ai pensé avec terreur aux journées et aux nuits qui se préparaient, aux mois et aux années pendant lesquels rien ne changerait et où je deviendrais aussi vieille et sage que Nancy. Et je crois que j'ai décidé de trouver le courage de lutter contre ce destin et de téléphoner pour qu'ils sachent que j'allais bien et que j'espérais les voir bientôt. À leurs conditions, c'était bien entendu. Il n'y aurait rien à décoder ; le message serait tout à fait clair. Et si je faisais très attention, si je surveillais mon aspect et mes expressions de doute ou de reproche, ils accepteraient peut-être de me reprendre. Naturellement, mon statut serait différent. Je serais plus humble, plus soumise. C'était le prix à payer. Et je le paierais. Mais si, en même temps, j'allais prendre des notes pour un roman satirique... ? S'ils remettaient leur sort entre mes mains, sans le savoir, ne serait-ce pas une suite tout à fait logique des événements ?

Cette idée m'a stimulée et a mis fin à mes rêveries. Je sentais déjà l'excitation chimique s'emparer de moi ; j'ai éteint l'œil intérieur que l'on appelle à tort, il me semble, le contentement de la solitude, et j'ai dirigé l'autre une fois de plus sur les placards blancs à portes coulissantes, aux bords rehaussés de doré, les rideaux de satin nacré, les descentes de lit blanches et duveteuses, les presse-livres de quartz rose en forme d'éléphants, la coupe à pot-pourri d'opaline rose sur la coiffeuse, les brosses à dos d'argent et le petit plateau de cristal taillé avec sa pelote à épingles de velours rose et son nécessaire à ongles à manche d'ivoire. Je pense que tout ça doit valoir assez cher de nos jours : il faudra que je demande une estimation. J'ai sauté du lit et je me suis vite habillée : mon chemisier et mon pull-over bleu, ma jupe de laine bleue. Je me suis assise à la coiffeuse et je me suis brossé les cheveux. En regardant la glace, je me suis félicitée de ma fermeté. Je n'ai pas vu de fantômes. Au-delà de mon reflet dans la glace, j'ai aperçu une gravure colorée, dans un cadre pendu au mur opposé. Elle représentait une scène du XVIIIe siècle ; des silhouettes de patineurs qui ressemblaient à des poupées, avec des manchons et de grandes jupes, ou des tricornes et des culottes moulantes de satin. Je l'avais toujours aimée quand j'étais petite, mais à l'époque je ne pouvais pas lire ce qui était écrit en dessous. La légende me paraissait à présent singulièrement à propos : « *Glissez, mortels ; n'appuyez pas.* » Faisant allusion à la fragilité de la glace, bien entendu. J'ai pris cela comme un bon présage et j'ai résolu d'adopter la légèreté et l'élégance qui convenaient.

À présent, j'avais faim et soif, le moteur de mon appétit s'était remis en marche. Je me suis levée et je me suis passée en revue. Le masque d'amusement s'était remis en place, j'étais soignée, calme, d'aplomb pour l'action. J'ai fait le lit, j'ai ouvert la fenêtre et je suis allée donner à la gravure une petite tape approbatrice. Les visages de poupées, figés dans une jeunesse éternelle, totalement dépourvus d'expression ou d'émotion, me fixaient en me rappelant que moi aussi j'étais jeune et que je ne manquais pas de ressources. J'ai fermé la porte derrière moi et je me suis dirigée vers la cuisine pour prendre le thé.

J'ai trouvé Nancy affairée parmi une multitude de boîtes en fer — des rondes, des carrées, d'autres à plusieurs côtés — dont elle tirait toutes sortes de gâteaux et de biscuits. Elle en fait tout le temps et je ne sais pas qui les mange. Je crois qu'elle aime les douceurs et qu'elle préfère, comme la plupart des personnes âgées, grignoter quelque chose de léger plutôt que de faire un vrai repas. Il faisait très chaud dans la pièce et j'ai remarqué qu'elle avait aussi préparé deux douzaines de tartelettes assez ratées. La bonne odeur flottait dans l'air et tandis que les gâteaux refroidissaient sur une grille je pouvais voir des traînées appétissantes là où le mélange avait débordé la pâte. Je dois dire qu'elle n'est pas très bonne cuisinière et que ses gâteaux sont en général plutôt lourds ; en plus, ils sont tellement bourrés de fruits qu'ils durent éternellement. Je n'arrive pas à imaginer comment ils finissent. L'un des charmes de James (oui, j'arrive à penser à lui tout à fait calmement) c'était qu'il terminait toujours les petits pains et les biscuits qu'elle nous laissait sur le plateau. Ce qui, naturellement, ne pouvait qu'inciter Nancy à en faire davantage.

Elle avait l'air de préparer une sorte de fête, et quand je lui ai demandé si elle attendait quelqu'un, elle m'a dit : « Mr. Reardon va sans doute passer. » Naturellement, je ne suis jamais chez moi l'après-midi et il ne m'était jamais venu à l'idée que Nancy déversait toute sa pâtisserie sur Mr. Reardon, qui apparemment continuait à monter le journal du soir avant d'aller toucher ses gains au pari mutuel voisin. J'avais pensé prendre rapidement une tasse de thé et retourner écrire un peu, mais ça tombait très bien ; je n'échapperais pas aux échanges de civilités de Noël, autant m'en débarrasser le plus tôt possible.

Mr. Reardon était visiblement grand amateur de gâteaux : j'ai compté quatre variétés sur la table, toutes plutôt consistantes. On a sonné à l'instant où Nancy versait le thé, et pendant que j'allais à la porte j'ai espéré que tout se terminerait assez vite. Mr. Reardon est un homme charmant et il est dans l'immeuble depuis toujours. Il est tout petit, aimable et corpulent, et il doit avoir de la tension. Il porte une sorte d'uniforme bleu qui doit dater d'il y a longtemps parce qu'il lui est maintenant beaucoup trop juste : il comprime sa masse courte et lui fait monter le sang à la tête, car Mr. Reardon tourne le cou avec prudence, et ses yeux couleur groseille montrent clairement qu'ils ont du mal à rester ouverts. Il a largement dépassé l'âge de la retraite, et il reste parce qu'il aime son travail et parce qu'il est fier de l'immeuble et de ses occupants ; les administrateurs en sont ravis, forcément.

En raison de son âge et de sa tension artérielle, Mr. Reardon ne peut pas assurer les gros travaux, tels que soulever les poubelles ; il a pour cela un assistant, un garçon demeuré que mon père appelait le petit ; il est maintenant beaucoup plus âgé et se fait appeler Mr. Fentiman. Lui aussi a quelque chose qui ne va pas, mais je pense que Mr. Reardon l'a bien en main. Mr. Fentiman parle tout seul d'un ton agressif et fait parfois des gestes du bras menaçants. Son apparence n'inspire guère confiance : il porte une casquette posée assez bas sur le front et un caban au col perpétuellement relevé, de sorte que son visage a l'air de vous regarder de derrière un retranchement. Il se rase une fois par semaine et a toujours une cigarette à la bouche ; il ne l'ôte jamais, et s'il tousse quand vous lui parlez, vous recevez des cendres en pleine figure.

J'ai constaté avec désespoir que Mr. Reardon avait amené Mr. Fentiman, sa cigarette et tout le reste, et je me suis préparée à survivre à un vrai thé. Nancy était ravie, et quand nous avons tous été assis, il m'a paru évident que ça se passait ainsi tous les après-midi et que c'était moi qui étais de trop. Mais ils ont été extrêmement gentils avec moi, et m'ont forcée à manger ; tout en tripotant des miettes, j'observais Mr. Reardon dont l'assiette se vidait et se remplissait, et qui buvait tasse de thé sur tasse de thé avec la bénédiction de Nancy, qui rayonnait. Mr. Fentiman, la casquette bien vissée, a essayé à un moment de raconter une histoire assez incohérente à propos d'un intrus qu'il avait trouvé caché dans un des garages, mais Mr. Reardon, qui acceptait sa troisième tasse de thé, l'a interrompu d'un « Ça suffit, Arthur », en passant un doigt autour de son col, « inutile d'inquiéter les dames. » Ensuite il a demandé la permission de fumer, et en allant chercher un cendrier (celui qui est en malachite verte avec un perroquet sur le bord) j'en ai profité pour attraper leurs deux enveloppes sur le bureau et en revenant je les ai posées à côté de leur assiette. L'assiette de Mr. Fentiman était évidemment pleine de cendres.

« C'est très aimable à vous, miss », a dit Mr. Reardon, et il a fait un signe à Mr. Fentiman qui s'est levé d'un bond et a aussitôt apporté une bouteille enveloppée dans du papier. « J'ai pris la liberté, a poursuivi Mr. Reardon, d'apporter un petit quelque chose pour miss Mulvaney qui m'a si bien reçu. J'ai été très heureux ici. » Et il a simplement tendu la bouteille à Nancy. « Vous n'auriez pas dû », a dit Nancy qui est toujours confuse quand on lui donne quelque chose et qui proteste toujours. Mais je l'ai obligée à ôter le papier, et comme manifestement il fallait faire les choses avec la solennité qui s'imposait, je suis allée chercher quatre verres. « À votre santé, a dit Mr. Reardon, en levant son verre de sherry. Debout, Arthur. Aux hommes de bonne volonté. » Et il a vidé son verre. J'ai dit : « Bravo, bravo », puisqu'il fallait bien faire quelque chose, et j'ai réussi à avaler une gorgée de sherry, étonnamment épais et glacé. Nancy a dit : « Je prendrai le mien plus tard. » Elle disait toujours la même chose quand mon père lui versait un verre de sherry le dimanche avant le déjeuner ; elle était toujours déchirée entre l'horreur de le boire et la peur de blesser mon père. J'ai vu qu'elle traversait la même épreuve. J'ai voulu insister : « Ça va te plaire, Nan. C'est sucré. » Mais elle a affirmé : « Je le boirai au dîner », et elle a posé le verre derrière elle sur le buffet.

Mr. Reardon était prêt à présent à parler du passé, ce que je redoutais. Il avait toujours un mot à propos de mon père, qu'il avait beaucoup admiré, et bien sûr il avait beaucoup aimé ma mère. Je me souviens l'avoir vu essuyer une larme sur ses petits yeux rouges quand il était venu prendre de ses nouvelles, comme il le faisait toujours, et que je lui avais dit qu'il était trop tard... Ses doigts courts et gras, légèrement tâchés de nicotine, dépliaient en tremblant un mouchoir à rayures... Pour prendre les devants, je lui ai demandé où il passait Noël, et j'ai appris qu'il allait voir sa fille qui s'était mariée à Harrow. « Mais je serai de retour le soir », nous a-t-il assuré. « Je ne vais pas laisser ces dames seules toute la journée. Il n'y a presque plus personne, bien sûr. Mrs. Hunt est partie hier. Même lady Cohen n'est pas là, bien qu'avec sa jambe je me demande si c'est raisonnable. » Nous avons tous opiné du bonnet, méditatifs, dans la cuisine où il faisait de plus en plus chaud et où l'air était lourd de fumée.

Je voyais du coin de l'œil qu'il allait être bientôt cinq heures et j'ai commencé à les pousser silencieusement à partir. Finalement je me suis levée et je leur ai dit : « Je vous prie de m'excuser. Je dois écrire. Mais s'il vous plaît, restez tous les deux. » Les hommes se sont levés dans un bruit de chaises. « Joyeux Noël, miss, a dit Mr. Reardon. Je sais que les êtres chers vous manquent. C'est tout naturel. » Puis il a ordonné d'un ton sec : « Arthur, la porte », puisque j'avais l'air décidée à m'échapper. « Mais leur souvenir reste dans nos cœurs », a-t-il poursuivi. Le sherry lui était visiblement monté à la tête et des souvenirs du jour de l'armistice lui revenaient en mémoire. « Nous n'oublierons pas. » Mr. Fentiman lui a fait écho : « Bravo, bravo. »

À la porte, je me suis retournée et je les ai vus tous les

trois assis gravement à la table ; ils me regardaient, le visage mal éclairé par la lumière dure du plafond. La table était encore encombrée de verres poisseux et de miettes de gâteaux, et ces détails enfantins n'allaient pas du tout avec leurs visages mornes. Nancy et Mr. Reardon avaient l'air de poser pour une dernière photo, leurs grosses mains croisées devant eux sur la table. Derrière son col relevé et sa cigarette, et malgré son air menaçant, Mr. Fentiman ressemblait à un survivant, ni de la faim ni d'une quelconque répression politique mais de privations d'ordre plus domestique. J'ai vu clairement à leur expression qu'ils s'inquiétaient pour moi. Que même si de leur point de vue je faisais partie des privilégiés ils pensaient que j'étais en danger.

En fermant la porte derrière moi, j'ai eu la sensation de me fermer à la lumière et à la chaleur. Je suis allée dans le salon et j'ai allumé les lampes et le feu, mais il m'a semblé incongru d'être là toute seule et je n'ai pas aimé l'espèce de distinction sociale qui semblait s'établir entre eux et moi. Après avoir tourné en rond quelques instants, un peu agitée, j'ai tout éteint et je suis retournée dans la chambre de ma mère. Je trouvais tout naturel d'être là, bien que j'aie retardé le moment de transporter mes vêtements de ma chambre dans la sienne : c'était une opération à laquelle je n'étais pas préparée. Mon assurance m'abandonnait un peu et j'ai pensé que Nancy pourrait peut-être le faire pour moi. Je me suis assise dans le fauteuil de velours rose, et pour la première fois de la journée l'idée m'est venue que je serais peut-être seule pour Noël. Cela a provoqué le retour des pensées qui m'avaient tourmentée, et comme pour me protéger je me suis levée, j'ai pris mon cahier et mon stylo, et je me suis rassise, décidée à écrire.

Et j'ai écrit. J'ai pris des notes pour mon roman et j'ai

trouvé qu'il avançait vite et bien, que les personnages se dessinaient très naturellement et que, très naturellement aussi, je trouvais les mots justes pour les décrire. En fait, les mots qui m'avaient abandonnée auparavant venaient en foule. Le fait que je patinais sur la surface, que je mettais de l'entrain dans mes histoires, que c'était pour de rire, devait y être pour quelque chose. À un moment, j'ai ri toute seule. C'était très facile, vraiment. Je suis arrivée à tuer deux heures de cette façon. Je n'ai même pas entendu partir les invités de Nancy.

Puis, je ne sais pas très bien pourquoi, je me suis arrêtée. C'était comme si ma petite réserve d'amusement s'était épuisée, et de savoir que j'étais capable d'écrire si je voulais, que je m'étais trouvé une bonne occupation pour les jours et les mois à venir ne me concernait même pas. Je me suis levée et je suis allée à la fenêtre ; je n'y ai vu que mon propre reflet dans la vitre noire. J'ai pensé à mes espoirs perdus, en me disant que j'avais bien de la chance de pouvoir les convertir si facilement en satire. À présent, les vacances passeraient presque inaperçues, parce que je serais absorbée par ma tâche. Probablement avant le Nouvel An (dans une semaine seulement), je téléphonerais aux Fraser pour leur présenter mes vœux et je dirais : « À propos, je suis en train d'écrire ce roman dont je parlais toujours. Ça me prend tout mon temps. Mais nous devrions dîner ensemble un soir. Ça fait tellement longtemps. Et si vous voyez James, souhaitez-lui la bonne année de ma part. » Une façon de sauver la face. Et aussi un investissement. Parce qu'il fallait que je les retrouve pour les étudier à nouveau ; il fallait que je les redécouvre.

Pourtant, tout en allant et venant dans la pièce, je me suis surprise à dire « ça ne marchera pas ». Il y avait quelque chose de faux, hors alignement, qui ne sonnait pas juste. Et dans une détresse presque physique je remuais la tête en me demandant ce qui n'allait pas. Puis j'ai cessé, parce que je me suis rendu compte que j'attendais encore, que j'espérais que l'un d'eux me téléphonerait pour m'inviter à passer Noël avec eux.

Bien sûr, cela ne pouvait pas arriver. Car une fois que l'on sait une chose on ne peut plus jamais ne pas la savoir. On ne peut que l'oublier. Et d'une façon qui fausse le temps, dès que l'on s'en souvient elle indique l'avenir. Je comprends maintenant que bien que je sois en train de vieillir seule et très tristement dans cette pièce, je dois vivre en la sachant. Le téléphone peut sonner, ce soir ou demain : ça n'a plus d'importance. Quelqu'un peut avoir une pensée pour moi, probablement Alix, qui a toujours été très gentille. Elle dira : « Hé hé, c'est Fanny la Petite Orpheline ? », et au tout dernier moment je serai invitée à passer Noël avec eux. Je ne sais pas du tout si j'irai ou non. D'ailleurs ça ne changera rien, parce que la situation est jugée d'avance, déjà délimitée. Elle a déjà été vécue. Elle a existé.

Après cette dernière phrase, je suis allée vers le lit et j'ai allumé la lampe de chevet. En faisant tomber cette dernière barrière entre moi et la vérité, c'était comme si j'accueillais avec plaisir le retour des images qui se pressaient autrefois dans mon esprit. La fenêtre noire de nuit m'enferme, et dans le reflet de la vitre je vois le docteur Constantine recroquevillé sur le téléphone, ses yeux bruns, vides et désemparés. Je vois le docteur Simek raidi contre le dossier de son fauteuil, serrant dans ses dents son fume-cigarette d'ambre. Je vois Mrs. Halloran, échouée sur son lit à South Kensington, une bouteille auprès d'elle. Je vois miss Morpeth qui écrit à sa nièce. Je me vois.

Nancy passe dans le couloir et je l'entends fermer la

porte d'entrée. Tout est très tranquille à présent. Une voix dit : « Fan, ma chérie. » Je prends mon stylo. Je me mets à écrire.

Composition Facompo, Lisieux (Calvados)
Achevé d'imprimer en mars 1987
sur les presses de la SEPC, Saint-Amand (Cher)
Dépôt légal : mars 1987
Numéro d'imprimeur : 630
Troisième tirage : 7 000 à 10 000 exemplaires
ISBN 2-7071-1623-8